PÍLULAS E PALAVRAS

Alfredo Simonetti

PÍLULAS E PALAVRAS

A psiquiatria e o paciente contemporâneo

ns

São Paulo, 2023

Pílulas e palavras

Copyright © 2023 by Alfredo Simonetti
Copyright © 2023 by Novo Século Editora

Editor: Luiz Vasconcelos
Gerente editorial: Letícia Teófilo
Preparação: Samuel Vidilli
Revisão: Lindsay Viola
Diagramação: Vitor Donofrio e Ian Laurindo
Capa: Kelson Spalato

Texto de acordo com as normas do Novo Acordo Ortográfico
da Língua Portuguesa (1990), em vigor desde 1º de janeiro de 2009.

Dados Internacionais de Catalogação na Publicação (cip)

Simonetti, Alfredo
Pílulas e palavras / Alfredo Simonetti. 2. ed. -- Barueri, SP : Novo Século Editora, 2023.
192 p.

1. Psicotrópicos - Aspectos sociais 2. Saúde mental - Atualidade 3. Medicamentos - Doenças mentais - Aspectos sociais 4. Tecnologia e civilização I. Título

23-2773 cdd-363.194

Índice para catálogo sistemático:
1. Medicamentos - Aspectos sociais

Novo Século Editora LTDA.
Alameda Araguaia, 2190 – Bloco A – 11º andar – Conjunto 1111
cep 06455-000 – Alphaville Industrial, Barueri – sp – Brasil
Tel.: (11) 3699-7107 | Fax: (11) 3699-7323
www.gruponovoseculo.com.br | atendimento@novoseculo.com.br

Para Eli,
por nossa paixão pela palavra.

Introdução | 9
PARTE I — A cena contemporânea | 17
1. O mundo altamente tecnológico | 21
2. A vida virtual | 28
3. O tempo veloz | 31
4. O mundo despadronizado | 35
5. O mundo excessivo | 43
6. A sociedade do espetáculo | 49
7. O mundo altamente mercadológico | 57
8. Um certo mal-estar | 67

PARTE II — A invenção do remédio | 79
9. Os remédios entram em cena | 81
10. O paciente psiquiátrico e suas três figuras | 85
11. O psicótico | 91
12. O deprimido-ansioso | 107
13. O novo paciente | 123
14. O sofrimento amoroso | 129
15. A crise profissional | 133
16. A cultura da felicidade | 137
17. Os supernormais | 142
18. A invenção do Prozac | 145
19. A indiferença olímpica | 156
20. A indústria farmacêutica | 158
21. A indústria das terapias | 160
22. O remédio não ensina nada | 162
Epílogo: Para além do mal-estar | 164
Apêndice: Perguntas e respostas | 168
Referências | 189
Agradecimentos | 191

Introdução

A cena contemporânea com seu brilho pós-moderno nos encanta e nos espanta. Ao mesmo tempo em que satisfaz e facilita a vida, acaba por provocar também um certo mal-estar devido a seus paradoxos, dentre os quais podemos destacar o remédio psiquiátrico, que de fenômeno *clínico* converteu-se em fenômeno *cultural*. A tecnologia química desses remédios tem se mostrado capaz não apenas de tratar as doenças mentais, mas também de modificar a maneira como vivenciamos as coisas da vida, criando assim a primeira situação concreta e cotidiana de subjetividade artificial.

Com a expressão "subjetividade artificial" tenho a intenção de designar a subjetividade humana modulada por algum dispositivo tecnológico. No início, a tecnologia construiu máquinas que tinham por objetivo substituir nossos músculos; em seguida, criou equipamentos para substituir nossos sentidos; depois, desenvolveu o computador para substituir nossa inteligência. Neste momento, está prestes a inventar alguma coisa que acabe por substituir nossa subjetividade. Esse próximo passo da tecnologia está conduzindo da inteligência artificial para a subjetividade artificial, da qual os remédios psiquiátricos são o exemplo mais bem-acabado até agora.

Este livro empreende uma análise dos discursos e práticas sociais relacionados aos remédios psiquiátricos na pós-modernidade, levando em conta tanto os que legitimam seu uso como os que os questionam, discutindo usos e abusos no tratamento das doenças mentais e no enfrentamento do sofrimento psíquico normal.

Pílulas que outrora eram utilizadas na esperança de curar doenças agora também são utilizadas na busca do bem viver, misturando a dimensão clínica com a dimensão existencial e criando, assim, dilemas tipicamente contemporâneos: tomar ou não tomar remédios psiquiátricos para as angústias e os problemas da vida cotidiana? A medicação psiquiátrica é um tratamento legítimo ou uma sutil dominação social? O que podem a psiquiatria, a psicanálise e as psicoterapias, com suas pílulas e palavras, fazer por quem vive se debatendo com os sintomas da pós-modernidade? E quanto aqueles que se colocam na posição de pacientes? Estão delegando totalmente aos clínicos a responsabilidade pela cura de seus sintomas ou conseguem assumir a responsabilidade por sua condição de seres que vivem na cena contemporânea? Usar antidepressivos e ansiolíticos para lidar com as tristezas e as ansiedades da vida cotidiana seria uma covardia existencial ou uma forma pós-moderna de levar a vida?

Na primeira parte deste livro, "A cena contemporânea", busco conceituar, da maneira mais clara possível, o que se costuma chamar de pós-modernidade e de mal-estar contemporâneo. Esses termos são aqueles que, de tão usados, acabam perdendo sua força de comunicação. Carregam tantos significados intrínsecos que, não raramente, ficamos sem saber direito o que a pessoa realmente quis dizer. Embora reconheça não ser sensato atribuir uma definição sólida de algo que ainda está em curso – curso esse que engloba o próprio definidor –, como nos adverte o teórico da pós-modernidade David Morris,[1] insisto nesse esforço conceitual tanto pela clareza do livro quanto por mim mesmo. Necessito certa clareza para pensar as coisas, pois sou alguém criado no ideal iluminista da modernidade tentando sobreviver na indefinição da pós-modernidade. Aqui vale a recomendação de Freud, que dizia que se não conseguimos enxergar o ser humano claramente, que ao menos vejamos com clareza suas obscuridades.

O mundo pós-moderno é um mundo *altamente tecnológico*. Ele é veloz, é excessivo, é despadronizado, é espetacular e é altamente mercadológico. Essas são as seis características principais da contemporaneidade. São os dedos de uma mão pós-moderna que nos sustenta e sufoca, resultando na sensação de ansiedade e angústia que dá o tom emocional do mal-estar contemporâneo. Sim, essa mão tem seis dedos. Afinal, trata-se de uma mão "pós-moderna".

Parece inegável que haja uma vivência contemporânea das velhas angústias humanas, costumeiramente denominada "mal-estar contemporâneo". Ainda mais inegável é o surgimento, nos últimos trinta anos, de remédios psiquiátricos que pretendem atenuar tais angústias. Contudo, considerar os remédios psiquiátricos como a solução definitiva para esse mal-estar é uma visão bastante equivocada

---

1   Morris, David. *Doença e cultura na era pós-moderna*. Lisboa: Piaget, 1998.

da questão, pois ele não representa uma doença a ser tratada, mas é antes uma vivência a ser compreendida e analisada para poder ser suportada. Ele não pede cura, mas enfrentamento. Na prática cotidiana, podemos identificar três maneiras de lidar com o mal-estar contemporâneo. A *via nostálgica*, na qual tentamos resolver as situações lutando para fazer as coisas voltarem a ser como eram antes; a *via química*, na qual interferimos diretamente na ansiedade pós-moderna por meio da química dos psicotrópicos; e a *via existencial*, na qual inventamos uma maneira de viver bem apesar do mal-estar contemporâneo.

Na segunda parte do livro, "A invenção do remédio", trato do remédio psiquiátrico, levando em conta os dois lados por ele representado, já que é ao mesmo tempo tratamento e sintoma do mal-estar contemporâneo. O remédio psiquiátrico não é um elemento externo que chega para curar uma suposta doença da pós-modernidade; ele se origina dentro da pós-modernidade, é produzido por ela, e, num movimento retrofletido, age sobre ela. Por um lado, alivia as angústias ligadas à pós-modernidade, e por outro é, ele próprio, um fenômeno tipicamente pós-moderno. A ideia de que é possível sanar os sofrimentos da vida por meio de remédios psiquiátricos é uma das características da pós-modernidade. Em épocas anteriores não havia essa possibilidade de recorrer à via química para atravessar as angústias cotidianas.

Para discutir com mais profundidade o uso dos remédios psiquiátricos, descrevo os três tipos de paciente psiquiátrico da atualidade: "o louco", "o deprimido-ansioso" e "o paciente contemporâneo". O louco é o psicótico que delira e alucina; o deprimido-ansioso tem um transtorno mental diagnosticado geralmente do campo da depressão ou da ansiedade; já o paciente contemporâneo é alguém busca nos remédios psiquiátricos o suporte para enfrentar as ansiedades e as tristezas cotidianas, ainda que não sofra de fato de um transtorno mental. O paciente contemporâneo é uma figura tão recente na cena psiquiátrica, que ainda não tem um nome que o designe com propriedade, sendo assim chamado provisoriamente. Ele é, dentre os três tipos, o único que pode ser considerado um fenômeno pós-moderno, uma vez que os demais já vinham sob os cuidados da psiquiatria desde épocas anteriores.

Apresento em detalhes esses três tipos, expondo como a vida de cada uma dessas figuras é impactada pelos remédios psiquiátricos, como são vistas socialmente, como elas próprias se enxergam, o que buscam e o que conseguem com os psicotrópicos, e como sua vida familiar, afetiva, sexual e profissional é modulada pela química fina dos psicotrópicos.

Quando sofrem, as pessoas vão atrás de remédios. Sempre foi assim, e os tempos atuais não são exceção. A novidade pós-moderna não reside na busca por algo que alivie a angústia cotidiana, isso é muito antigo, basta pensar no álcool, no tabaco e na maconha. Tem sido assim desde que o animal humano perambulava pelas savanas africanas coletando e caçando. Nem tudo o que o homem pré-histórico comia e bebia era exclusivamente para satisfazer a fome e a sede; algumas coisas eram consumidas a fim de aliviar suas dores, e tantas outras, muito provavelmente, eram engolidas por puro prazer. O que há de inédito em nossa contemporaneidade é a existência de remédios que efetivamente amenizam essa angústia e modificam a própria personalidade com efeitos colaterais físicos e sociais mais aceitáveis. Esse é o ponto: a novidade não está na busca, mas na oferta.

Ampliando o olhar, a fim de alcançarmos uma visão social e cultural da questão, incluímos na discussão tópicos relacionados à indústria farmacêutica, à cultura da felicidade e à medicalização da vida, buscando compreender como os remédios psiquiátricos saltaram da condição de novo recurso terapêutico da psiquiatria para o status de fenômeno cultural tipicamente pós-moderno.

Os remédios psiquiátricos são mais do que pílulas químicas agindo sobre doenças. Eles são também uma realidade cultural construída por palavras e ideias, ou seja, são pílulas e palavras. Os remédios psiquiátricos são demasiadamente importantes para serem deixados apenas nas mãos dos médicos que os prescrevem. Precisam ser também pensados e discutidos em contextos sociais, culturais, econômicos, políticos, filosóficos e antropológicos, dentre outros. Mesmo no contexto clínico, um remédio é mais do que uma substância química, pois a maneira como o médico o prescreve para o paciente, as palavras com as quais ele explica e embrulha a pílula, contam muito em sua ação terapêutica. Todo médico sabe disso.

Este livro é a transcrição ampliada da palestra "Pílulas e palavras", apresentada no programa *Café Filosófico*, da TV Cultura, em junho de 2018. Na ocasião, o público que assistia ao programa ao vivo podia fazer perguntas ao palestrante. Na terceira parte do livro, apresento algumas dessas perguntas e suas respostas.

Finalmente, na breve quarta parte do livro, "Para além do mal-estar", sugiro a possibilidade de um olhar menos alarmado sobre a contemporaneidade em busca de um aprendizado que nos ofereça a mais necessária das habilidades para viver nos tempos pós-modernos: aprender a brincar com fogo.

A farmacologia clínica não está contemplada nesta obra. Portanto, não será aqui apresentada uma relação dos remédios psiquiátricos, nem doses nem indicações e contraindicações, tampouco entrarei em detalhes sobre o manejo médico da prescrição. Ao leitor interessado nesses aspectos remetemos nossa obra anterior, *Manual de psicologia hospitalar*,[2] que em seu apêndice "O mapa dos remédios" trata com detalhes esses tópicos. Todas as histórias de pacientes relatadas nesta obra se baseiam em casos reais, mas foram modificadas em vários aspectos, menos os clínicos, para manter a privacidade dos envolvidos.

Escrevi este livro para organizar as ideias e arrumar as palavras de maneira que favoreçam o debate sobre o uso dos remédios psiquiátricos na pós-modernidade. Espero que ele tenha ficado mais parecido com uma conversa, uma discussão, do que com uma aula ou conferência, pois o tema tratado – o surgimento dos remédios psiquiátricos que atuam tanto sobre doenças mentais quanto sobre

---

[2] Simonetti, Alfredo. *Manual de psicologia hospitalar*. Belo Horizonte: Artesã, 2018.

sofrimento psíquico cotidiano – é muito recente – tem apenas trinta anos –, e fenômenos recentes devem ser muito falados e debatidos antes que se cristalizem posições dogmáticas. Entendo que é preciso dizer muitas palavras sobre as pílulas.

PARTE 1

A cena contemporânea

Historicamente, a pós-modernidade teve início por volta da década de 1950, com os avanços tecnológicos e as mudanças de comportamento do pós-guerra. Antes disso, tivemos a era moderna ou industrial, que começara por volta de 1750 com a Revolução Industrial e a Revolução Científica. Antes ainda tivemos a longa – longuíssima – era agrícola, que começou há dez mil anos com o surgimento da agricultura. Essas são as três grandes eras da evolução cultural do homem: dez mil anos de era agrícola, duzentos de era industrial e somamos hoje quase setenta anos de era pós-moderna.

O que nos permite fazer essa divisão? Certamente deve haver uma diferença importante entre cada um desses períodos históricos para justificar a separação entre mundo agrícola, mundo industrial e mundo pós-moderno, pois, se fosse tudo a mesma coisa, essas seriam apenas palavras vazias. Cada uma dessas épocas tem seu modo próprio de produzir, de viver, de amar, de curar doenças, de criar filhos, de fazer ciência, de conviver etc. Nosso foco aqui é a pós-modernidade, esses poucos setenta anos de efeitos tão máximos. Queremos caracterizar o jeito próprio da vida pós-moderna e suas consequências subjetivas, ou seja, descobrir como se sente o homem contemporâneo.

A cena contemporânea é bastante variada, repleta de fatos e vivências, tanto que por vezes ficamos confusos. Então, com uma boa dose de simplificação que espero não soar simplista, consideremos que existem seis grandes características no mundo pós-moderno. É um mundo:
- altamente tecnológico;
- veloz;
- excessivo;
- despadronizado;
- espetacular;
- altamente mercadológico.

1. O mundo altamente tecnológico

A capacidade humana de manipular a natureza e tirar dela suprimentos para o seu bem viver é uma de nossas principais características enquanto espécie, e somos muito bons nisso, muito eficientes! Nos últimos duzentos anos, impulsionada pela Revolução Científica e pela Revolução Industrial, essa capacidade tecnológica vem crescendo de forma contínua, mas o que aconteceu nos últimos setenta anos não foi somente a progressão de um crescimento, mas algo de outra ordem. Foi um salto, o surgimento de uma outra ordem, o aparecimento de uma "coisa" nova na natureza. Essa vertiginosa manipulação da matéria, da energia, do espaço e do tempo – vulgarmente chamada *tecnologia* – acrescentou à natureza um novo reino. Temos agora os reinos animal, vegetal, mineral e o *virtual*.

A relação do homem com a tecnologia é o tema mais urgente da pós-modernidade. Todos os problemas e maravilhas da vida atual são impactados pela evolução tecnológica. Você consegue pensar em algum aspecto da pós-modernidade que não tenha a ver com a tecnologia de alguma maneira? Qual aspecto da sua vida não foi impactado pelo mundo tecnológico nos últimos anos?

Graças à tecnologia já superamos as distâncias e viajamos muito, muito rapidamente por todo o planeta. Contudo, a mais veloz dos viajantes modernos é a *informação*. É a partir dela que fazemos quase qualquer coisa hoje em dia. A tecnologia da informação e seu correlato, a tecnologia da comunicação, vem assumindo a posição de "sol" em nossa comunidade pós-moderna. Se o mundo é líquido, como afirma Bauman,[1] ou a sociedade é do espetáculo, como quer Debord,[2] é porque trocamos informações, nos comunicamos, produzimos e enviamos imagens muito facilmente por meio da tecnologia. A própria globalização do mundo, especialmente sua economia, deve muito a tecnologia dos transportes e da informação, responsáveis por fazer o capital correr o planeta em segundos.

Ainda não vencemos a morte, mas a tecnologia médica já é capaz de manter a vida quase indefinidamente. Não curamos o câncer, mas com os aparelhos disponíveis nas UTIs dos hospitais modernos somos capazes de manter o paciente tecnicamente vivo, embora sem qualidade de vida, o que fez emergir os dilemas da bioética envolvendo eutanásia e cuidados paliativos, assuntos tipicamente pós-modernos.

Há cinquenta anos não fazia sentido em falar de cuidados paliativos, pois a questão simplesmente não existia. Foi

---

1 Bauman, Zygmunt. *Modernidade líquida*. Rio de Janeiro: Zahar, 1999.

2 Debord, Guy. *A sociedade do espetáculo*. Rio de Janeiro: Contraponto, 2017.

apenas quando a capacidade da medicina de *manter* a vida se desenvolveu muito mais do que sua capacidade de *curar* as doenças que os pacientes e seus familiares tiverem de enfrentar a angustiante questão de escolher entre "entubar ou não" ou "reanimar ou não" um doente em parada cardíaca.

Escolher entre manter ou não a "vida doente" é um mal-estar contemporâneo, e é um bom exemplo do caráter paradoxal desse mal: ele não é um "mal" em si mesmo, mas um "mal" que emergiu da solução de outro problema. Isso quer dizer que não pode ser resolvido pela simples eliminação de sua causa, pois ela, a tecnologia, se angustia aqui, satisfaz ali. E aí, o que fazer? Essa escolha ligada aos cuidados paliativos é mesmo uma inquietude pós-moderna. Nossos antepassados não a conheciam e é possível que nossos netos, uma vez familiarizados a ela, não a sintam de forma tão angustiante.

Então quer dizer que pós-modernidade estaria promovendo uma nova educação para a morte? Sim, é o que estou querendo afirmar.

Também a guerra está sendo modificada pela tecnologia. Se um cirurgião pode operar um paciente que se encontra em outro país por intermédio de robôs da telemedicina,

> **Com a inteligência artificial e suas maravilhosas máquinas [...] estamos vivendo o ápice da era da substituição cognitiva. [...] Depois da substituição física e da cognitiva virá a afetiva. Ultrapassando a inteligência artificial vamos chegar na subjetividade artificial.**

um soldado também pode matar um inimigo a milhares de quilômetros de distância utilizando-se de drones armados com mísseis, criando assim a hiperperigosa guerra limpa, na qual quem mata sequer sente o cheiro da morte. Toda essa tecnologia tem o seu lado problemático, pois onde era para navegarmos, às vezes acabamos por nos afogar inundados por tanta novidade sem saber direito o que fazer com isso. Como dissemos, talvez as próximas gerações não sintam isso, mas a nossa, que é a geração que está vendo o nascimento de tão esplendorosa tecnologia, fica mesmo inebriada com o brilho dessa luz tão fascinante.

Um inventor magnífico criou, há mais ou menos setenta mil anos, uma espécie animal dotada da incrível capacidade de construir máquinas que ampliam, aperfeiçoam e substituem suas próprias capacidades e habilidades. Essa é a história do *Homo sapiens*, e a primeira máquina que ele inventou foi provavelmente um galho de árvore para derrubar frutas, matar pequenos animais e lutar com seus semelhantes. Depois fez de pedra lascada um substituto para seus dentes e suas garras, passando pela roda (para substituir seus passos), inventou apetrechos que lhe permitiram usar a força dos animais. E, muito tempo depois, num lance genial, inventou a máquina a vapor, que substituiu com muitas vantagens a força de seus músculos. Essa foi a longa era da substituição física, seguida de outra: a da substituição cognitiva, quando muitos equipamentos foram inventados para substituir os órgãos sensoriais, como a luneta, o estetoscópio, o microscópio, a fotografia, o raio X, a tomografia computadorizada etc. Enquanto os óculos apenas enxergam melhor que os olhos de quem os usa, poderia ser considerado apenas como uma substituição sensorial, permanecendo o pensamento ainda insubstituível. Mas vivemos outro momento: uma tomografia não só mostra o corpo do paciente para o médico de maneira melhor que apenas seus olhos poderiam ver para analisar onde pode ter um tumor. Não. Hoje os programas de computador estão ficando mais eficazes do que o olhar do médico para diagnosticar a existência ou não de um tumor maligno em determinada imagem. O computador processa dados de maneira mais aprimorada que o cérebro humano, chegando, atualmente, a fazer julgamentos técnicos bem mais apurados. Ou seja, não é apenas o olhar do médico que está sendo substituído pela ressonância magnética, mas programas avançados que reúnem um enorme número de trabalhos científicos, e já tomam decisões diagnósticas e terapêuticas mais eficientes do que um ser humano que estudou para isso.

Com a inteligência artificial e suas maravilhosas máquinas (que pensam, aprendem e até podem ser consideradas criativas – algumas até compõem música e pintam quadros diferentes cada vez que utilizadas), estamos vivendo o ápice da era da substituição cognitiva. Mas ainda não temos máquinas com afetividade. Esse atributo humano ainda não tem substituto. Porém, até isso provavelmente parece estar em vias de mudar: depois da substituição física e da cognitiva virá a substituição afetiva. Ultrapassando a inteligência artificial vamos chegar na subjetividade artificial.

Funcionando na visão antropomórfica e na ética do desejo, nos orgulhamos ao pensar que, embora já tenhamos substituído os músculos, os órgãos do sentido e o próprio pensamento, nada nos faria substituir o desejo, posto que é ele nossa essência, o que nos determina. Pois bem: já existe um programa de computador que, baseado nas decisões que você tomou ao longo da vida, é capaz de lhe indicar uma companhia ideal. Note-se: não se trata de uma mulher ou homem mais adequado para conviver, mas quem lhe despertaria tesão ou mesmo faria você se apaixonar. Tal programa indica que coisas você quer comprar (novamente não se trata do que seria melhor comprar na sua situação, mas efetivamente *o que você quer* comprar). Então é só uma questão de tempo começar a perguntar para o celular o que se quer fazer naquele momento. Ele vai dizer e provavelmente vai acertar; ou seja, se você seguir as instruções, quase do mesmo modo que segue o caminho indicado pelo Waze, pode-se encontrar satisfação. Estaria o tédio, então, com os dias contados?

Se a tecnologia já começou a substituir a consciência do querer, qual será a próxima função humana a passar por esse processo? A função vivencial, a capacidade de sentir as emoções – tantos as positivas quanto as negativas, ou seja, a dor e o prazer. Isso está no limite da nossa imaginação, (pelo menos não consigo imaginar como seria uma máquina que ficasse triste no meu lugar ou que sentisse prazer no meu lugar). Essa tecnologia geraria o quê? Um bem-estar ou um mal-estar? Ela me ajudaria a lidar com a perda de um ente querido? Uma pequena nuvem de luz densa, por exemplo, me acompanharia e todo o sentimento que o luto causa seria transferido simplesmente no ato de encostar levemente nela e (quem sabe?) no final poderia me entregar um relatório com o aprendizado existencial graças a tal experiência emocional. Na era da subjetividade artificial seria possível aprender sem ter que viver? Saber o que as derrotas ensinam sem tê-las sofrido efetivamente? Seriam os remédios psiquiátricos, com sua capacidade de modulação afetiva, máquinas químicas dessa espécie? Começamos com a máquina a vapor substituindo nossa força muscular e estamos chegando, nos dias de hoje, na máquina química, comprimida em pequenas pílulas, substituindo nossas funções afetivas? Será que tudo isso vai acontecer mesmo? Se sim, como será viver, pragmaticamente, nessa era da subjetividade artificial?

Não sabemos. O nosso aparato cognitivo de *Homo sapiens*, tão eficiente até agora, não tem meios nem para imaginar essa substituição, pois não se trata de um objeto que ajuda o sujeito, mas de um que o substitui. Freud havia falado da sombra do objeto perdido que recobria o sujeito, mas aqui trata-se de algo diferente. O nosso pensamento consciente não consegue vislumbrar esse novo cenário pela simples razão de que nele pode muito bem não existir pensamento. Aliás, é por falta de imaginação para essa nova cena que resolvi convidar alguns escritores e cientistas para a tarefa de imaginar[3] o mundo da subjetividade artificial.

---

3 Projeto Gozai por nós – Estudos sobre a subjetividade artificial. Alfredo Simonetti. Disponível em: <www.subjetifidadeartificial.com.br>. Acesso em:

2. A vida virtual

A tecnologia, além de impactar todas as dimensões da vida cotidiana, está criando uma nova forma de vida, a *virtualidade*. Agora, além do mineral, do vegetal e do animal, temos o *virtual*, um reino no qual seres feitos de luz e de impulsos elétricos, que existem nas telas e nos hologramas, agem no mundo físico e interagem com os seres de carne e osso. O mundo pela representação da coisa e não pela coisa em si: é assim a virtualidade, com imagens e representações intermináveis e tão potentes, que criam o fenômeno da hiper-realidade, no qual essa representação da coisa tem mais força que a própria coisa em si. Tomemos como exemplo um jogo de futebol: a pessoa esteve presente no estádio, assistiu ao jogo ao vivo, viu a coisa acontecer, teve uma experiência de primeira mão. Tudo isso valorizado como algo real. Porém, ao chegar em casa, só por curiosidade, essa mesma pessoa viu a reapresentação do jogo na TV, e espantou-se, ao ver na tela, imagens exuberantes, em câmera lenta, focos ampliados com fundo musical e que lhe emocionaram muito mais do que quando estava no estádio. É verdade, entretanto, que tem coisas que a TV com sua hiper-realidade não consegue superar, como a "energia de estar no meio da multidão de torcedores gritando após um gol", mas a pessoa provavelmente vai se perguntar o que seria real: o que presenciou no estádio ou o que a TV transmitiu? Uma resposta tipicamente pós-moderna seria que nenhuma das duas: não há que se decidir sobre o que é mais real, mas sim de se dar conta de que o simbólico pode, especialmente pela via do virtual, suplantar o real. Mais do que isso: o virtual coloca em xeque a própria distinção entre real e simbólico, obrigando a um novo trabalho filosófico e epistemológico, típico da pós-modernidade. Ou seja, não fazia sentido tais questionamentos em outras épocas. Um novo campo abre-se para a semiótica, a virtualidade que os físicos teóricos já se debruçam há mais tempo. O virtual tem o mesmo valor que o real do ponto de vista existencial? Estamos tentando responder a essa pergunta quando debatemos sobre, por exemplo, fazer terapia pela internet, ou também quando nos ocupamos da questão do sexo virtual.

Na virada de 1999 para 2000 temia-se que um problema simbólico (a mudança da forma de registrar o ano, de dois para quatro dígitos) pudesse paralisar o mundo, pois os computadores, programados até então para uma leitura do tempo, ficariam desorientados e confusos. Seria o chamado *bug* do milênio. Foi a primeira vez na história que o mundo se viu à mercê de uma catástrofe cuja causa não era por conta de algo concreto (não era pelo aquecimento global, bombas terroristas, ou vírus causando epidemias, fome, violência da guerra, nem mesmo a força descomunal da natureza da em forma de furacões ou terremotos), mas apenas a maneira de datar os anos que mudaria. Não era uma ameaça simbólica, mas real, causada por problemas simbólicos. Esse episódio marca claramente a entrada da nossa sociedade na era da informação. O ano 2000 é seu símbolo. E quando dizemos que estamos em tal era não significa que não existam coisas no nosso mundo, mas sim que o mundo da coisa já está equacionado, restando o problema sobre como trabalhar com a informação sobre a coisa.

Temos tanta informação disponível, que nosso desafio é como lidar com muitos dados, transformá-los em informações úteis em vez de sermos sufocados e ou confundidos. Tirando a fórmula da Coca-Cola (que continua sendo um segredo comercial), não temos problemas em acessar as informações. A dificuldade atual é separar o que é relevante e produtivo do que é acessório e apenas ruído no mundo da comunicação instantânea. Profissionais que conseguem identificar os padrões embutidos no caos de dados e acontecimentos da sociedade contemporânea são altamente requisitados e valorizados. Uma das profissões que mais se desenvolve na atualidade é a de TI (tecnologia da informação), e são esses profissionais que, com os engenheiros das mais variadas espécies, criam as condições para o funcionamento do mundo virtual. São eles que lançaram o que se conhece como *big data*, que processa dados em grande escala e que está revolucionando o mundo do consumo ao mesmo tempo que torna a privacidade das pessoas coisa do passado. **O virtual é desconcertante, deixa a gente sem jeito.**

3. O tempo veloz

O tempo pós-moderno não é apenas veloz, mas muito mais que isso, é pós-humano. E não conseguimos fazer as coisas nessa velocidade. A tecnologia permite que o transporte, a comunicação, a produção e o consumo aconteçam numa rapidez que não é a nossa, que não acompanhamos (por mais que nos esforcemos). As tecnologias mudam rápido, e as ideologias também. As relações se fazem e se desfazem no ritmo acelerado de uma dança *techno*. Vivemos na era da mobilidade afetiva, para o bem e para o mal; o dinheiro circula no mundo financeiro em instantes. Tudo é pressa: o café é instantâneo, a informação chega na hora e na palma da mão, o *fast-food* está aqui... tudo isso é muito bom, mas o que se percebe é que o humano não tem essa velocidade toda. Tirando o pensamento, que é talvez o que temos de mais veloz, nada nos adapta a um mundo tão rápido assim. O resultado é a ansiedade, símbolo de nossa era. Essa situação é quase patética. Imaginemos uma pessoa

Ansiedade é aceleração psíquica, excesso de futuro e ampliação existencial. Já depressão é lentificação psíquica, excesso de passado e estreitamento existencial.

correndo numa esteira que acelera cada vez mais: no começo ele tenta acompanhar, mas logo cansa e começa a tropeçar, cai, levanta, tenta de novo. E não é só isso, temos que ser produtivos e felizes. Precisamos ter sucesso, ganhar dinheiro, criar filhos, amar, encontrar a cura instantânea para as doenças, além de emagrecer rapidamente. E tudo isso sem sofrimento.

A pós-modernidade padece de ansiedade; é vida acelerada em todos os seus níveis. Vivemos na Era da Ansiedade e não na da Depressão, como poderia parecer. Ansiedade é aceleração psíquica, excesso de futuro e ampliação existencial. Já depressão é lentificação psíquica, excesso de passado e estreitamento existencial.

Qual dessas descrições representa melhor a pós-modernidade? A ansiedade, sem dúvidas. Mas é evidente que a depressão existe e é muito prevalente e estimada como a futura principal causa, de acordo com projeções da Organização Mundial de Saúde, de afastamento do trabalho. Cada dia aumenta o número de pessoas com depressão (sou psiquiatra, vejo isso todo dia no consultório). Até onde a gente pode entender, ela é um ponto de chegada, não é o começo da história. A maioria dos deprimidos é constituída de pessoas que foram por muito tempo ansiosos. Os psiquiatras americanos, da Universidade de Harvard, queriam saber o que teria acontecido dez anos antes na vida de alguém diagnosticado com depressão. E o que eles descobriram é muito interessante: cinco anos antes do diagnóstico de depressão, uma porcentagem muito alta dessas pessoas sofria de ansiedade grave. Ou seja, aparentemente o deprimido era um ansioso que, um dia, exauriu. Não é assim na nossa vida? Pensem. Antes de desanimar e entregar os pontos ficamos irritados, brigamos, esbravejamos com tudo e com todos, estrebuchamos, lutamos, até que exaustos emocionalmente chegamos no "dane-se", no "não tem jeito", e mergulhamos, assim, na depressão. Viver tenso, ansioso, vigilante, com medo, preocupado, tenso, tudo isso é uma preparação para depressão. É adiá-la. Portanto, o mal-estar básico da contemporaneidade é a ansiedade, mas entendamos que ela não é só medo, mas uma mistura desse sentimento com agitação. Ansiedade é um medo veloz. E só para contrastar, a depressão é um medo quieto.

A pós-modernidade pode ser ansiogênica por natureza, mas não há vítimas passivas dessa situação. Todos nós usufruímos de uma espécie de ganho secundário dessa agitação toda. É interessante notar, por exemplo, como algumas pessoas ficam mais angustiadas nas férias, que, teoricamente, não deveria deixar ninguém assim. O que acontece é que longe do trabalho não há por que se preocupar com os problemas desse universo e acaba-se, com isso, encarando as questões pessoais, e aí é angústia na certa. Todo ansioso é um fugitivo. Ele foge do perigo e da ameaça do perigo, foge do escuro, foge do muito alto e do fechado, foge da morte, da doença e da dor, foge de bicho e foge de gente, foge de pensamentos e de comportamentos, foge de muitas coisas, mas, acima de tudo, foge. E muitas vezes foge sem saber do que foge, e, nesse caso, a psicanálise diz que foge de si mesmo. A agitação pós-moderna acaba servido de distração, de rota de fuga, de alguma angústia interna que esteja nos incomodando. Isto explica por que o trabalho tanto pode ser ansiogênico como ansiolítico, dependendo da pessoa e do momento. Aliás não seria grande surpresa se aparecer algum autor mais afoito, embalado pelos modismos psicopatológicos, querendo propor uma nova doença pós-moderna, uma suposta SAF (Síndrome da Angústia das Férias).

Outra vantagem da ansiedade é que ela é produtiva. O nosso mundo não foi feito para depressivos. Ser ansioso pode levar a algum sofrimento psíquico, mas sem dúvida favorece o sucesso (pelo menos o profissional). Fazer muitas coisas ao mesmo tempo, ou o mais rápido possível, antecipar os problemas e preparar soluções, manter-se ligado em tudo e todos, são habilidades altamente valorizadas em nosso mundo contemporâneo e ajudam a ganhar dinheiro e crescer na carreira. Já o deprimido, com sua lentificação física e psíquica, baixo pragmatismo e pouca produtividade, tem muito mais chance de fracassar profissionalmente e, por consequência, também na vida pessoal, pois é preciso ser muito "cabeça boa" para viver bem apesar de não ter dinheiro para se manter. Dizem até que, no fundo, é melhor ser ansioso e trabalhar muito (*workaholic*), porque pelo menos consegue-se ganhar dinheiro para pagar a terapia. Sim, mas o preço emocional é outra história. É muito alto. Aliás, essa questão do *workaholic* está sendo estudada pela psiquiatria por uma de suas mais recentes subespecialidades, a chamada psiquiatria do trabalho, que investiga de que maneira "a rotina laboral está enlouquecendo as pessoas". A grande referência nesse campo de estudos é o psicanalista Christophe Dejours.[4] Recomendo a quem quiser saber mais.

---

4   Dejours, Christophe. *A loucura do trabalho*. São Paulo: Cortez, 1999.

4. O mundo despadronizado

Não é só a tecnologia que avança na pós-modernidade: algumas relações sociais também. Os *laços sociais* entre homens e mulheres, pais e filhos, professores e alunos, e mesmo entre chefes e subordinados estão sendo desfeitos e refeitos com tamanha velocidade, que correm até o risco de se transformarem em verdadeiros *nós sociais*. E resta a questão: se a vida é feita de nós, quem vai desatá-los?

O sistema de referências e padrões que organizavam todos esses laços, baseado na ordem paterna, no poder da autoridade e da disciplina, com planejamento bem conduzido, hierarquia vertical, confiança de que o conhecimento racional seria capaz de resolver todos os problemas (e em especial na rígida definição dos papéis sociais, produtivos e afetivos), está derretendo, não funciona mais; perdeu não só a eficácia mas também o interesse das pessoas, não consegue mais nos dizer como ser feliz, como vencer na vida e continuar vencendo, como ser marido, esposa ou amante, como ser pai e mãe capazes de criar filhos e prepará-los para o sucesso na vida profissional e afetiva. O que pode e o que não pode não está claro, e o que vai dar certo e o que não vai dar certo, menos ainda. É a incerteza que, como se costumava dizer, nos espreita na próxima esquina ou, em um ambiente mais pós-moderno, na próxima tela.

Há um novo amor na pós-modernidade? A opacidade do amor – refiro-me como opacidade ao olhar intelectual e racional – aconselha cautela na resposta e, quem sabe, adiamento. Apesar disso, é possível afirmar, com convicção e clareza, que existem sim grandes novidades no amor na pós-modernidade. Duas destacam-se: a revolução dos gêneros e o empoderamento feminino. Os laços amorosos agora não se fazem apenas entre dois fios, mas entre vários, e não apenas entre os de duas cores. Deixamos para trás a segurança da simplicidade dicotômica da homossexualidade/heterossexualidade para navegarmos nos mares turbulentos e incertos daquilo que podemos chamar de multissexualidade. As formas de casamento e de emparceiramento amoroso são várias. Persistem os namoros e os noivados, ao lado dos ficantes, da nostálgica amizade colorida. Existem agora os casamentos fechados, os abertos e até os trincados, onde as coisas acontecem implicitamente sem ousadas sinceridades. Alguns autores e pensadores da cultura enxergam nessa cena amorosa tão múltipla em gêneros, formas e preferências um excesso fugitivo. Bauman fala de relações liquidas e, com alguns psicanalistas, apontam uma suposta incapacidade dos homens e das mulheres pós-modernos em mergulhar em relações profundas, comprometidas e douradoras. Eu faço parte daqueles que procuram enxergar em tudo isso, que chamo de mobilidade afetiva e sexual, um movimento corajoso e inventivo, sem negar seu potencial ansiogênico, aliás, como muitos fenômenos pós-modernos que são, ao mesmo tempo, positivos e geradores de ansiedades (algumas delas até gostosas de serem vivenciadas e outras bem aflitivas, quase angustiantes).

O ser pós-moderno é um "desbussolado", no dizer do psicanalista Jorge Forbes,[5] referindo-se à situação de ausência de referências estáveis em que vivemos. É interessante especificar que desorientado, de verdade, só um homem. A mulher já encontrou um projeto para chamar de seu: trata-se do empoderamento feminino, que fascina todas elas atualmente. A mulher pós-moderna não está nem um pouco desorientada, mas o homem pós-moderno, esse sim encontra-se perdido. Os homens sabem como amar hoje em dia? Qual é o jeito certo? Não se trata de se apaixonar, mas antes de viver um amor, de se relacionar com a mulher. Vou contar uma pequena história. Dia desses, um estudante de 18 anos

Os laços amorosos agora não se fazem apenas entre dois fios, mas entre vários, e não apenas entre os de duas cores. Deixamos para trás a segurança da simplicidade dicotômica da homossexualidade/ heterossexualidade para navegarmos nos mares turbulentos e incertos daquilo que podemos chamar de multissexualidade.

---

5   Forbes, Jorge. *Inconsciente e responsabilidade* – psicanálise do século XXI. São Paulo: Manole, 2012.

queria dizer para uma amiga que gostava muito dela, que ela era muito legal, que ela era muito importante para ele: "Olha, você é tão legal para mim, você é a minha brother". Ela não gostou do elogio e reclamou: "Como brother? Por que brother? Que machismo é esse?". Ele pensou um pouco e falou: "É mesmo... mas, e sister? Posso falar que você é minha sister?". O que é engraçado nessa história não é a palavra que ele iria escolher para substituir "brother". É que hoje o homem precisa consultar a mulher para saber como é que ele pode dizer "eu te amo", "eu te quero", "eu te desejo", "eu vou ficar com você".

Nós, homens, não sabemos mais como fazer isso direito. Porque uma das desregulamentações do nosso mundo moderno é dada pela questão dos gêneros, que antes eram muito estabelecidos. Podia ser algo considerado injusto, mas um homem e uma mulher sabiam quais eram exatamente seus papéis. A grande novidade do mundo contemporâneo, a grande liberdade está em desconstruir isso por meio da questão dos gêneros, que é ótima, mas que provoca em alguns habitantes do planeta (mas não em todos). Penso que o mal-estar contemporâneo tem que ser segmentado: ele não é o mesmo para homens e mulheres. A parte dele produzido pela tecnologia e pela velocidade é o mesmo para homens e mulheres, mas o mal-estar que vem da despadronização é diferente para cada gênero. O homem não sabe direito para onde vai. Tampouco a mulher, mas para ela há, hoje, um projeto de ganhos, de liberdade. É aquela história: podemos dizer que uma separação amorosa é ruim para o casal, mas dependendo das circunstâncias, é mais ou menos sofrido para um dos dois. Imagine que uma pessoa de um casal ganhou uma bolsa de estudos e vai ficar dois anos em Paris. Essa separação é dolorosa para os dois, certo? Mas, convenhamos, é diferente vivenciar isso indo para Paris. É a cena de angústia na estação: quem parte é diferente de quem fica. No nosso mundo contemporâneo, a desregulamentação dos gêneros coloca a mulher em partida para um novo mundo, legal, interessante, de igualdade. O homem está ficando na estação, desorientado, perdidinho.

Por que o empoderamento feminino está acontecendo justamente na era pós-moderna? O patriarcalismo foi hegemônico durante milênios, até que por volta de 1950, no pós-guerra, exatamente quando as mulheres saíram de casa para participar do mercado de trabalho formal as coisas começaram efetivamente a mudar para elas. É a força de trabalho do corpo feminino que sustenta a revolução de gêneros que estamos vivendo. Ao longo de história, muitas vezes, as mulheres tentaram usar a força de seu corpo erótico, negando sexo aos homens, por exemplo, nas greves de sexo, e nada conseguiram de mudança social. Não há nada de surpreendente nessa constatação, afinal, como ser livre se alguém te sustenta?

A educação também está em "crise" (tento evitar essa palavra, está muito desgastada e já perdeu seu poder de comunicação, mas nesse caso penso que é bem adequada. E englobo em "educação" tanto a acadêmica como aquela para "a vida", feita pelas famílias). O fracasso escolar é evidente: a escola, como instituição e, como método, não consegue mais atrair o interesse dos alunos. Notemos bem: eles não são rebeldes, apenas desinteressados, pois com essa primeira categoria os professores sempre souberam como lidar: fosse por meio do exemplo, ou mesmo ao mostrar autoridade, além de vender ao aluno a ideia de sucesso. Mas atualmente nada disso funciona: os professores são os que estão mais encalacrados porque não estão encontrando nenhuma saída para lidar com o desinteresse dos seus alunos nessa nova realidade. Os namorados, os maridos, por exemplo, já estão encontrando o seus novos papéis, mas os professores não têm ideia de para que lado podem ir: a autoridade não vale mais como autenticação do conhecimento, assim como não há mais valor na disciplina e no esforço como formas de se dar bem na vida. Os professores, portanto, não têm nada de interessante para oferecer aos alunos que, além do mais, superam qualquer um no uso da tecnologia da informação. Para que servem, enfim, os mestres, se os conteúdos das disciplinas podem ser aprendidos facilmente sem eles por meio de inúmeros recursos tecnológicos e a moralidade é coisa do passado? Em casa a educação também vai mal. O que pode um pai ensinar a seu filho sobre o mundo do trabalho se a profissão na qual ele se deu tão bem e sustentou sua família está em vias de extinção e aquilo que o filho vai exercer nem existe ainda? Bem, o pai poderia ensinar valores, princípios e moralidade. Entretanto, tais coisas são referências do sistema moderno que está derretendo, não atraem, não funcionam, tampouco inspiram.

    Talvez o silêncio honesto de quem não sabe o que dizer seja uma boa postura para pais e professores, mas é demasiado angustiante pensar que estamos todos nos tornando desnecessários, assim como imaginar que, sem um rumo dado pela educação, esses jovens que tanto amamos e queremos proteger poderão estar em sério risco.

Falamos tanto em despadronização, que a impressão pode ser a de que vivemos em um mundo inteiramente livre, onde cada um é um, original e singular, livre para fazer o que quiser; mas não é bem assim. O que acontece é que, de um mundo com um único modelo funcionando para todos, passamos para o oposto, ou seja, um mundo com vários modelos funcionando, sendo cada um desses para uns poucos, não ficando ninguém fora da influência de algum. Trocamos uma única linha vertical de direção por várias horizontais. Houve uma queda das referências tradicionais: desde a autoridade do pai/patrão, mais velho/mais sábio, passando pela referente ao valor da disciplina/obediência/trabalho hierarquizado. Tudo isso, que antes organizava nosso mundo, nada significa atualmente. O que tem valor hoje são as identificações laterais com os múltiplos ídolos instantâneos e passageiros, como os produzidos pela mídia, pela internet e pelo esporte; vale também as identificações laterais com os amigos, além das buscas de realizações pessoais narcísicas substituindo as filiações a grandes causas, assim como também valem "as novas grandes causas", como a preocupação ecológica com o planeta, a luta em defesa dos direitos das minorias e a causa do empoderamento feminino. Talvez a pós-modernidade não seja a era da queda das grandes narrativas, mas sim a da troca delas por novas. Não é a ausência do "grande" outro, mas a multiplicidade de muitos "grandes outros" que nos desorienta na cena contemporânea.

A pós-modernidade não é um tempo sem nenhum superego, mas de um superego diferente, menos proibitivo e mais prescritivo que no lugar do tradicional "não pode" diz, de maneira igualmente imperativa, "goze". Não cumprir esse atual mandamento acaba sendo tão angustiante quando desrespeitar o antigo. A felicidade, por exemplo, deixou de ser uma possibilidade para virar uma obrigação (havendo até aqueles que acham que ela é um direito humano básico). Vivemos numa espécie de cultura da felicidade que paradoxalmente acaba gerando um sofrimento adicional. Toda vez que alguém se sente infeliz em uma situação adiciona um segundo sofrimento, que é o de sentir-se culpado por estar infeliz: não ser feliz passou a ser um erro. Eis o pecado pós-moderno.

Em momentos de troca de modelos (ou de mudança de paradigma para falar ainda numa linguagem moderna), a sensação é de ausência deles, o que não é real. Existe sim uma ordem que vem do caos que ainda não conseguimos enxergar. Essa capacidade de visualizar padrões na estonteante multiplicidade de acontecimentos é uma das habilidades mais requisitadas e valorizadas no mundo contemporâneo. Quem consegue ver a cena atual com mais clareza, identificando as tendências e os padrões, sem dúvida terá uma vantagem competitiva e bônus financeiros excelentes, além de poder social e político.

O que interessa aqui, porém, é sublinhar o efeito que toda essa despadronização produz na vida interior das pessoas: um mundo assim deixa uma sensação de desorientação e incertezas, que com a ansiedade vão compondo a lista dos ingredientes do mal-estar contemporâneo.

5. O mundo excessivo

Este mundo tão repleto de objetos para nosso uso e gozo, resultado das facilidades tecnológicas da modernidade industrial, aponta para um paradoxo: agora temos um mal-estar que nasce da abundância e não da falta, como tinha sido ao longo de milhares de anos de história humana. A "falta" sempre foi um problema, até que chegou à pós-modernidade com suas muitas coisas ligadas de muitas maneiras, nos desafiando a lidar com esse novo e oposto elemento existencial: o excessivo.

Definimos como excessivo, para nosso uso, qualquer cenário no qual os objetos superam, em muito e de forma recente, as capacidades humanas relacionadas a eles. O que primeiro revela-se excessivo no humano é o seu desejo que ultrapassa de longe suas capacidades de realização: *não é possível fazer todas as coisas e somos capazes de pensar em cada coisa.* Vai daí que é uma consequência natural, quer dizer, normal uma certa sensação de incompletude, de insuficiência, e saber lidar com isso é o que os analistas chamam de lidar com a falta. Só quando ficamos muito desesperados e correndo para fazer tudo ao mesmo tempo (isso chama-se ansiedade), ou quando desistimos de fazer algumas coisas porque não conseguimos fazer todas (isso chama-se depressão) é que entramos no campo de um mal-estar para lá do normal, e a contemporaneidade tem uma forte tendência a nos empurrar para esse limite. Mas é preciso lembrar que a ideia de ser habitado por sonhos, anseios e apetites bem maiores que suas forças é uma característica dos seres humanos desde sempre. Mas aqui estamos interessados nos excessos da pós-modernidade que se configuraram nos últimos tempos: são os relativos a informação, tecnologia, cuidados médicos, possibilidades amorosas ou sexuais, profissões etc. É como imaginar o céu noturno com muitas das estrelas mudando de lugar simultaneamente: essa é a visão que temos do mundo contemporâneo. E isso dá uma certa vertigem.

Mas o que pode haver de problemático num mundo cheio de objetos? Esse não foi desde sempre o sonho humano na busca da satisfação e da felicidade? Não é bom viver num mundo livre onde eu possa ser homem ou mulher, onde eu possa me relacionar e me separar o quanto eu quiser? Não é bom ter tantas possibilidades profissionais para trilhar? A liberdade de escolha não é boa? Sim, a abundância oferece ao homem maiores possibilidades de satisfação, mas também resulta na angústia da escolha, na agitação ansiosa, em uma sensação de insuficiência, na busca infantil por novos mestres, na dificuldade em assumir a responsabilidade existencial, e na descoberta da desconcertante dificuldade humana de sentir-se feliz mesmo quando tem tudo o que deseja, o que nos leva então a falar em mal-estar contemporâneo.

Escolher nos deixa com dois incômodos: perder a outra coisa que deixamos de escolher e a incerteza sobre se tal escolha foi a correta ou não. Ganho e perda: é essa a equação da escolha humana. Ao seguir por um caminho, deixo de ir pelo outro e cada vez que faço uma escolha fico com algo e seus benefícios, e ao mesmo tempo perco a outra coisa e com o que dela poderia vir de bom. De modo geral, temos grandes dificuldades com essa história de perder: é quase uma fobia humana. Além de não queremos perder nada, parece mesmo que não suportamos isso. Experimentos de economia psicológica mostram que uma pessoa não fica tão aborrecida quando ela não ganha um certo prêmio, mas quando ganha e depois perde, ou se perde algo que já possuía, a chateação é enorme. Essa ojeriza pelas perdas faz com que as pessoas tomem decisões econômicas nem sempre mais vantajosas, objetivamente falando (é o que dizem os economistas). No campo do sofrimento amoroso, por exemplo, venho pesquisando há muitos anos, por que *perder* é tão pior do que *não ter*?

A incerteza é outro problema da escolha. Como as condições do mundo atual são muito recentes ainda não deu tempo de acumular informações suficientes sobre os resultados das escolhas para dizer o que vai ou não vai dar certo, então o ser humano é obrigado a correr o risco. E o risco e a perda, como todos sabemos e sentimos, são situações bem aversivas para nós. Quando não existem referências para a escolha acaba sendo uma boa opção escolher por preferência e não por decisão racional, assumindo o risco e a responsabilidade (segundo o que nos diz a filosofia existencialista). Somos, você, eu e todos os outros, muito inexperientes no mudo pós-moderno; temos mesmo que inventar o nosso caminho à frente, que não existe ainda. Viver por preferência sem outra justificativa para nossas escolhas a não ser nosso desejo costuma deixar a gente bem ansioso.

Quando alguém passa do ensino fundamental para o ensino médio não há angústia, porque não há o que escolher. Mas, quando chega a hora da faculdade, aparece a angústia diante da escolha da carreira a seguir. É como um rio chegando no mar: enquanto as águas correm o percurso estabelecido elas não tem o que escolher, não tem nenhum lugar para ir a não ser a calha esculpida na terra, mas chegando ao mar a água precisa escolher para que lado vai, se em frente, se à direita ou à esquerda, pro fundo ou se fica na superfície. Essa é a angústia do rio. Então o mundo cheio de objetos, cheio de possibilidades de relacionamento, cria um pouco essa angústia, mas aparentemente ela é boa. Alguns autores que falam sobre a pós-modernidade dizem que isso leva o ser humano a deslizar entre vários objetos. Bauman,[6] que é um autor de referência nessa área, diz que o problema é que o desejo acaba antes de se consumir o objeto, o que torna os humanos em especialistas no deslizar, passando de um objeto a outro mas nada sabendo de mergulhar.

Responsabilizar-se pelo próprio caminho escolhido diante de tantas possibilidades. Essa é a ética a que a pós-modernidade nos convida. Mas se não suportarmos toda essa responsabilidade, tem sempre alguns mestres e seus livros de autoajuda a dizer o que fazer para ser feliz, para ter sucesso, ou para bem criar filhos. Se alguém quiser comprar essa espécie de seguro existencial há de aparecer

---

[6] Bauman, Zygmunt. *Modernidade líquida*. Rio de Janeiro: Zahar, 1999.

muitos querendo vender. Quando somos livres demais, quando não aguentamos a angústia da liberdade, a tendência para aceitarmos grandes verdades torna-se muito alta. Portanto, pode ser que exatamente por viver num mundo onde se pode tudo (e isso me angustia), eu vou me fixar a algumas doutrinas. Isso explica por que que um mundo tão liberal está voltando a ter tanto fundamentalismo: ele às vezes é a tentativa de escapar da angústia da liberdade. "Eu não aguento ser tão livre, alguém tem que me dizer o que fazer". Seja do ponto de vista político ou do filosófico e mesmo da vida existencial, temos muita fome de que alguém nos diga como ser feliz. Se alguém disser que sabe como é eu vou atrás. E entram aí os remédios. Se aparece uma oferta, por exemplo, química, dizendo que isso vai me aliviar, eu também vou atrás.

Outra sensação bem esquisita que a pós-modernidade nos remete é de que o fracasso não pode mais ser explicado pela carência de recursos; se eu não consigo fazer alguma coisa não posso colocar a culpa na falta de objetos, e sim encarar o fato de que se não estou, por exemplo, atualizado sobre os últimos avanços na minha profissão não é por falta de informação e sim porque eu não consigo ler todos os artigos publicados no último mês, ou porque não tenho tempo para ir a todos os

> **Isso explica por que que um mundo tão liberal está voltando a ter tanto fundamentalismo: ele às vezes é a tentativa de escapar da angústia da liberdade. "Eu não aguento ser tão livre, alguém tem que me dizer o que fazer".**

congressos, não consigo me conectar a todos os sites recomendados. O problema não é a dificuldade de obter informações, mas a incapacidade de processar tanta informação. Sou eu que não consigo.

A pós-modernidade jogou a insuficiência para o lado do sujeito e não dos objetos. Se não sou feliz no amor não é porque meus pais me obrigaram a casar com uma determinada pessoa, como aconteceu com minha avó, ou porque os tempos não me permitem transar com homens e mulheres, ou mesmo me separar e casar de novo. Se não sou feliz é porque não deu mesmo, ou (o que é pior de concluir) a felicidade não é para toda hora e a infelicidade, em outras palavras, é normal. Segundo Freud, é assim mesmo: a felicidade não faz parte do plano de criação de Deus para os humanos, ela é uma reivindicação humana. Não é uma característica genética. É perceber que a infelicidade se dá por incapacidade de gozo, ou seja, o limite é da pessoa, não da falta de objetos. Eu acho que isso leva para a pós-modernidade: é preciso enfrentar que nós temos um limite. Mesmo que ofereçam tudo, pode ser que com toda a liberdade de escolha, com toda a riqueza de objetos, ainda sejamos infelizes.

6. A sociedade do espetáculo

Estamos muito mais próximos de César do que de Hamlet no cotidiano pós-moderno. A nossa questão não é mais "ser ou não ser", mas "ser e parecer". Afinal, para a mulher de César não bastava ser, mas também parecer honesta. Então quer dizer que já existia pós-modernidade na época romana? Não, nem um pouco. Na época, a dupla tarefa de ser e parecer era coisa para a mulher de César (coisa para bem poucos); hoje, todos nós, pessoas comuns, precisamos cuidar da nossa imagem: quando a imagem da pessoa vai se sobrepondo, em termos de importância e protagonismo da pessoa em si, aí é que que passamos a falar de narcisismo e autoestetização. Falar sobre narcisismo impõe um comentário inicial. Narciso não amava a si mesmo, mas a sua imagem refletida nas águas do lago. O narcisista, então, é alguém que ama muito a imagem de si e não costuma fazer coisas que são boas para o ser, mas outras, que constroem uma boa imagem do ser, muitas vezes às custas da própria qualidade de vida psíquica. O nosso tempo é caracterizado pelo seguinte: *investimos muito tempo e muita energia na manutenção da imagem* que passamos para o mundo e para o outro. Mas é bom avisar que essa imagem também é construída e mantida para nós mesmos: a exibição narcísica é interna. Não apenas as relações sociais e interpessoais são mediadas pela imagem, mas também a relação consigo mesmo, intrapsíquica, é dominada pela questão da autoimagem, mais precisamente. Quando falamos em narcisismo é importante não ficar na leitura simplista de alguém que se esforça para manter uma imagem apenas para o outro. Um religioso que resolve ser um eremita e passa a viver sozinho lá nas montanhas do Tibete pode ser um grande narcisista à medida que precisa mostrar para uma parte de si o quanto é santo, bom e profundo. Não há por que reduzir o narcisismo ao exibicionismo; afinal, o narcisista é aquele que se exibe para si mesmo, para o seu pai interno, para o seu superego.

Quanto tempo e energia gastamos cuidando da nossa imagem, e em especial quanto sofrimento geramos em nossas vidas quando nos damos conta que não estamos conseguindo manter a imagem que gostaríamos. Boa parte do sofrimento psíquico tem a ver com isso, com a tarefa de mantermos os papéis que idealizamos para nós mesmos. Uns querem ser bem-sucedidos, outros famosos, outros, ainda, legais. Alguns ainda querem ser os mauzinhos, ou sinceros, outros os bonitões... são muitos os papéis. Não importa o conteúdo, o que conta é que ao nos esforçarmos para manter uma certa imagem, ou autoimagem, perdemos a chance da espontaneidade. Viver para manter um papel é muito cansativo, dá muita ansiedade, e, no final, com certeza, acaba em frustração.

E será que na pós-modernidade estamos mais preocupados com nossa imagem do que nossos pais na era industrial, ou nossos avós em épocas mais antigas? No século XVIII, por exemplo, os homens e as mulheres não eram menos preocupados que hoje com sua imagem social, pelo contrário: todos eram bem ciosos da imagem de sucesso e honestidade que passavam (ou gostariam de). Na época medieval, manter a imagem certa não era uma questão só de narcisismo, mas de sobrevivência, como demonstra a questão das perseguições religiosas. Não havia toda a tecnologia da informação como conhecemos, mas outra poderosíssima: a da fofoca, do boca a boca.

Que somos narcisistas não há dúvidas, a questão é se o narcisismo é pós-moderno ou, refinando a pergunta, qual seria a embalagem pós-moderna de nosso perene narcisismo? Pois bem, o narcisismo das outras épocas era formal, padronizado, baseado em certas referências que valiam coletivamente, e agora é mais individualizado, singular, egoísta. Aliás, a individualidade, a liberdade de poder ser eu-mesmo, ser do meu jeito único e particular, tem se transformado em uma espécie de fetiche pós-moderno.

Muitas vezes o trabalho de parecer, para além do trabalho de ser, vira uma necessidade social que nos ajuda a alcançar o sucesso profissional. Para um professor de ensino médio, por exemplo, não basta preparar a aula e saber lidar com os alunos da sala de aula, ele precisa adicionar os alunos no seu Facebook, ter cuidado com suas opiniões, com o que coloca nas redes sociais. Dia desses uma amiga foi demitida da escola em que dava aulas por seus comentários nas redes. Os pais dos alunos estavam ficando "preocupados" com as

> Debord criou o termo "Sociedade do Espetáculo" para se referir a relações sociais e relações interpessoais que passaram a ser mediados pela imagem.

opiniões da educadora. Outra ainda foi repreendida por não adicionar seus alunos no seu WhatsApp. Todos temos uma *"web reputation"* a cuidar nos dias atuais. Quase ninguém mais vai a um médico pela primeira vez sem pesquisar o que dizem sobre ele na internet. E não só os profissionais liberais precisam se preocupar com isso: os empregados também padecem disso, pois a pesquisa nas redes sociais já virou ferramenta nos processos de seleção de pessoal nos departamentos de recursos humanos das empresas.

Para além do campo profissional, também na vida amorosa os encontros são cada vez mais intermediados pela imagem vendida nas redes sociais. Antes a mãe perguntava para a filha de que família era seu namorado. Hoje ela se senta silenciosamente no computador e rastreia a vida do "ficante" em questão. E o mais importante, a rede social criou a possibilidade de monitoramento amoroso, o que pode virar um inferno, um vício mesmo para pessoas mais ciumentas (e um inferno pior ainda para seus amados vigiados). Dizem que, depois do celular e da internet, ficou muito mais fácil trair, mas ficou também muito mais fácil descobrir as traições.

Se o homem moderno, da era industrial, tinha que matar um leão por dia, o homem pós-moderno precisa postar uma boa imagem a cada duas horas. Pois agora temos o dever de estar conectados, de consumir produtos e informações da mídia de massa e da mídia social (de produzir já tínhamos há tempos). Na era da informação e da comunicação está nascendo uma demonização da privacidade que passa a ser criticada e rotulada como forma de isolamento social e de desatualização. Quem descumpre o dever de participar e de se conectar acaba ofendendo amigos e familiares. É chamado de jurássico quem ousar não olhar o WhatsApp. Nestes tempos de hiperconectividade o anonimato virou luxo; não ser encontrado, não estar conectado é hoje desejo a ser sustentado com muito custo e paciência para aguentar a gozação e a cobrança dos amigos.

Na turbulência de maio de 1968 na França (portanto bem no comecinho da pós-modernidade) Debord[7] criou o termo "Sociedade do Espetáculo" para se referir a relações sociais e relações interpessoais que passaram a ser mediados pela imagem. Ele tratava assim da mídia do "grande outro", os meios de comunicação de massa da modernidade: a televisão, os jornais, o cinema. Naquela época, não havia ainda a do "pequeno outro", como as redes sociais, a internet, o celular. Nesta, a distinção entre emissor e receptor se esfacelou, a comunicação é em rede, em mão dupla e não mais de cima para baixo, do autor para o leitor. Somos todos leitores e autores. O que diferencia uns dos outros é a quantidade de seguidores. Parece que McLuham, outro teórico da comunicação, errou ao afirmar que no futuro cada um teria seus quinze minutos de fama: chegamos ao futuro e estamos vendo que não é bem assim. Ficamos em cena por

---

7   Debord, Guy. *A sociedade do espetáculo*. Rio de Janeiro: Contraponto, 2017.

horas e não só um quarto de hora, e nossa fama não se deve necessariamente a algum grande feito ou talento, basta ter coragem, por exemplo, para exibir nossa intimidade cotidiana. Não estou falando da sexual, mas de vídeos, na rede, onde aparecem fazendo coisas triviais: assistindo TV, escovando os dentes, dormindo, ou até fazendo nada. Isto nos mostra que o voyeurismo é a contrapartida do narcisismo pós-moderno.

Quando se diz que vivemos em uma sociedade do espetáculo, isso é dito em tom de crítica, e foi nesse sentido mesmo que o termo foi criado por Debord, um teórico marxista analisando a forma capitalista de produção que leva a uma alienação do trabalho e do indivíduo. Mas quando queremos usar esse termo ("sociedade do espetáculo"), para fazer uma análise cultural que vai além do econômico, incluindo a vida social, afetiva, e a alienação do sujeito psíquico, é preciso cautela para evitar a crítica apressada que nos cegaria para os aspectos mais complexos e profundos da vida nas imagens.

É como quando se critica a pós-modernidade argumentando que a vida mediada pelas imagens afasta o sujeito do "mundo vivido", supondo a existência de um "mundo real" e autêntico no qual as pessoas manteriam relações profundas e verdadeiras, relações não mediadas. Mas que mundo é esse? Quando foi que ele existiu? O amor de quem trocava cartas era mais autêntico do que o amor por e-mails? O casamento petrificado (daqueles que não acaba nunca mesmo se o amor se esvair ou se a convivência se tornar infernal) é mais genuíno e desejável que o amor líquido das relações atuais que fazem e se desfazem rapidamente? Será que o estilo atual de se relacionar amorosamente demonstra falta de profundidade ou anuncia um tempo de maior e mais saudável *mobilidade afetiva*? A psicanálise já nos adverte contra a tendência ingênua de acreditar num "mundo real" separado do nosso simbólico e imaginário. Perceber que não nos relacionamos por intermédio das imagens, mas sim com elas, e isso desde sempre, pode ajudar a amenizar e relativizar a crítica contra os fenômenos midiáticos da pós-modernidade, que nem sempre eles estão atrapalhando a profundidade das relações. Ao contrário: as imagens passam a fazer parte do mundo real, e não apenas um simbólico simulacro fraco e desvitalizado.

Esse narcisismo todo da pós-modernidade é muito cansativo. A minha luta, por exemplo, é enorme, e é primeiro comigo.

O ser humano tem necessidade de relações profundas. Uma espécie de fome de contato que não é constante: ela vem, cresce, é saciada e acaba, para voltar novamente em outro momento. Ou uma pulsão como o sono, como a respiração, como o tesão e tantas outras vivências humanas. O que a comunicação mediada pelo celular, por exemplo, permite, é a modulação do encontro: se estou, por exemplo, muito faminto de contato, atendo; senão, espero a mensagem da caixa postal ou do WhatsApp e respondo depois, quando voltar a ter fome de contato. A tecnologia permite, no fim, uma comunicação muito mais saudável porque respeita os ritmos humanos.

A virtualidade está nos oferecendo uma nova possibilidade de relacionamento, uma modificação no laço social

55

que ainda será melhor compreendida e desfrutada. Um cientista norte-americano, famoso pela quantidade de inventos que produziu durante sua vida, se disse surpreso pelo avanço das telecomunicações e que imaginava que o futuro, como surge no desenho dos Jetsons, traria muitas conveniências, invenções que facilitassem o trabalho, a locomoção, a vida cotidiana, mas não tinha imaginado o que assistimos atualmente: uma avalanche de novos meios de se comunicar, de ampliar os laços comunicativos entre as pessoas demonstrando o quanto queremos nos conectar. Parece, ainda segundo esse cientista, que o homem busca na criação de laços a salvação para suas dificuldades e para preencher uma certa falta.

Um último comentário sobre a questão da vida nas imagens: elas não existem apenas nas telas. Não são feitas apenas de pixels, mas de ideias. E a nossa mente também é sua casa; aliás, a questão da autoimagem é seguramente a maior fonte de sofrimento evitável do homem. Quanto tempo e energia gastamos tentando manter um papel, primeiramente para nós mesmos. Esse narcisismo todo da pós-modernidade é muito cansativo. A minha luta, por exemplo, é enorme, e é primeiro comigo.

7. O mundo altamente mercadológico

Meio século antes do início da pós-modernidade, lá por 1900, Freud inventou a psicoterapia e transformou a conversa em produto. O que acontecia de maneira informal passou a ter duração definida, regras de funcionamento e, principalmente, preço, podendo ser vendida e comprada de forma explícita, sem subterfúgios ou constrangimentos morais. Muito antes dele, porém, a Igreja Católica tinha feito algo parecido, ao transformar o perdão divino em produto, criando o mercado das indulgências que, de tão próspero e corrupto, acabou por se transformar em uma das causas da reforma protestante que abalou não só Roma como toda a cultura ocidental. Ou seja, esse negócio de transformar as coisas da vida em produtos que podem ser comercializados não é nenhuma novidade. O ineditismo pós-moderno encontra-se na pervasividade do processo: nada está isento de ser transformado em produto. Nem as coisas da natureza e da vida. Tudo pode ser comercializado, profissionalizado, propagandeado, precificado, marketizado. Parafraseando a formulação foucaultiana de microfísica do poder,[8] podemos falar de uma microfísica da economia para se referir a essa forte tendência pós-moderna para transformar o cotidiano, a vida afetiva, familiar e social em produto. Só o amor ainda não conseguiu virar algo bem-acabado e vendável como produto. Fora isso, tudo é vendido e comprado, negociado e propagandeado, estudado pelo marketing. Desde o ar ou o código genético do sangue saudável dos índios, passando por tudo aquilo que uma pessoa pode fazer para ou pela outra que vira serviços (como gerar filhos em barrigas de aluguel ou ficar em pé ao lado de alguém que se esforça para fazer exercícios em uma academia, incentivando-o a ir em frente), até as grandes causas atuais da humanidade (como a vida saudável e ecologia para salvar o planeta e o projeto de empoderamento feminino). Enquanto "em volta do buraco tudo é beira",[9] na praça do mercado pós-moderno tudo é produto.

Até aqui falamos de produto sem defini-lo com clareza, mas lá vai: *produto é tudo o que pode ser vendido e comprado de forma explícita e socialmente aceita*. E não é como um bem que, economicamente falando, satisfaz uma necessidade (como por exemplo um olhar amoroso que acalma: enquanto trocado entre amantes esse olhar não é produto, mas se colocássemos uma mesa no corredor do shopping com uma pessoa sentada e uma cadeira vazia à sua frente com uma plaquinha "olhar amoroso, um real", ele passaria

---

8 Foucault, Michel. *Microfísica do poder*. São Paulo: Paz e Terra, 2018.

9 Frase atribuída a Ariano Suassuna.

a ser um produto). Há muito fazíamos isso, com o beijo de moças bonitas nas feiras beneficentes, mas o que é novo agora, insisto, é que nada escapa a essa forte tendência, nem mesmo a crítica a ela, transformada em livros, palestras e filmes. Vira, ela própria, mais um produto. O capitalismo pós-moderno tem essa habilidade de assimilar as críticas, acabando por transformar seus pontos fracos em produtos. A principal rede de TV brasileira, a Globo, símbolo midiático do nosso capitalismo e da cultura pós-moderna nacionais criou um programa no qual ela própria se satiriza, além da pós-modernidade (e até comentários como este que estou fazendo aqui), critica o capitalismo. E isso tudo vira mais um produto a ser vendido aos telespectadores e pagos pelos anunciantes. Falar mal do capitalismo também dá dinheiro, falar bem da vida saudável dá dinheiro, falar mal da vida saudável também – como vemos nas propagandas de frigoríficos satirizando os vegetarianos – propaganda essa que pode vir logo depois de um anúncio institucional valorizando a vida simples e frugal, feito apenas para passar a imagem de que a emissora é a favor das tendências mais politicamente corretas.

Vivemos uma época de profissionalização da vida. Tarefas que antes eram feitas pela própria pessoa ou por alguém da família, da comunidade, são agora entregues nas mãos competentes de profissionais especializados nessas tarefas que passam a cobrar para realizá-las. Um *personal organizer* pode ir à sua casa, por exemplo, e arrumar seu guarda roupa; ou um *dog walker* pode passear com seu cachorro. Se preciso, um "marido de aluguel" pode ser contratado via celular para trocar a lâmpada e desentupir a pia (coisas que eram feitas pelo marido mesmo ou, no máximo, como gentileza do zelador do prédio). Claro que empregados para esses serviços sempre existiram, mas era algo apenas para ricos, e que hoje estão acessíveis a quase todos (pelo menos todos da classe média).

Essa profissionalização da vida, que torna qualquer atividade algo a ser vendido, abre novos campos de trabalho e novas profissões. Torna-se, na verdade, uma grande oportunidade para inventar um ofício. Basta pensar em algo que pode fazer para alguém e isso poderá virar uma profissão ou produto, como algum aplicativo que ajude as pessoas a resolver qualquer problema cotidiano, e talvez dê para ganhar dinheiro com isso, e não estou falando de ficar milionário (que isso é para meia dúzia de gênios), mas de ganhar dinheiro com alguma ideia interessante e não em criar um novo Facebook. Por incrível que pareça, o capital está sobrando. Há bastante dinheiro à espera de uma boa ideia.

Atualmente, o aspecto econômico impacta a vida das pessoas como sempre impactou (pela via da sobrevivência material), mas agora na pós-modernidade impacta de um jeito novo (pela via da intimidade) que não apenas é modulado pela ajuda profissional nas suas mais diferentes funções, como também é vendido, mesmo que seja uma intimidade cotidiana. O público sempre se interessou *voyeuristicamente* pela vida dos famosos, mas agora qualquer pessoa consegue colocar uma câmera em sua casa e vender acesso para quem não a conhece (mas que nem quer conhecê-la pessoalmente) e que se interessa em assistir seu cotidiano: desde alimentação à forma como anda pela casa, inclusive de seu jeito de dormir ou mesmo o fazer nada (sem mencionar em detalhes escatológicos, como ir ao banheiro).

De uma sociedade de produtores, característica da era industrial, passamos para outra, de consumidores. A tecnologia tornou tão fácil produzir objetos, que agora a tarefa da economia é dar vazão a tanto consumo, na forma como deve ser feito, e em como organizar toda a informação e comunicação associada a ele. O que caracteriza uma determinada época não é aquilo que ela faz bem, e sim é o problema que ela tem para resolver; quando dizemos que vivemos numa era do consumidor não significa que deixamos de produzir, mas que o fazemos com tanta facilidade, competência e produtividade, que nem vale a pena problematizar a questão. O desafio contemporâneo que temos que resolver agora é a informação, por isso dizemos que estamos na era da informação.

As "causas" também viraram produto. Até as mais nobres, como as sociais, fundamentadas em princípios opostos ao lucro e ao capitalismo, precisam ser bem produzidas para que atinjam seus objetivos. Ou seja, viraram produtos quando propagadas e divulgadas para serem compradas por seu público-alvo. O marketing (mesmo de cunho social) define-se exatamente como a arte de fazer esse trabalho entre as pessoas e as marcas. O Greenpeace e os Médicos Sem Fronteiras, para conseguirem os fundos necessários para o funcionar, por exemplo, produzem belas peças publicitárias veiculadas nas grandes mídias, estampam suas logomarcas em camisetas e centenas de produtos para serem comprados por consumidores conscientes e politicamente corretos. É por meio do sistema de mercado, e não pela recusa dele, que as causas sociais lutam contra os aspectos injustos do capitalismo. As ideologias de igualdade social, ou de direito das minorias, como o feminismo e a luta contra os preconceitos raciais, já aceitaram que de *causa* precisam virar *produto*. Qualquer campanha, como o movimento para salvar o planeta do aquecimento global, ou movimento contra a homofobia, reconhecem que se não conseguirem se inserir no mercado, se não conseguirem virar um produto de mídia vão esmorecer, minguar e findar. Por exemplo, se as passeatas de orgulho LGBT não se transformarem em eventos culturais com atrativos para a mídia não vão conseguir patrocínio econômico e não conseguirão ajudar o homossexual a viver melhor em nossos dias. Toda boa causa precisa ser bem produzida. Muitas vezes, as pessoas, extenuadas da correria da pós-modernidade, declararam sabiamente que só querem levar uma vida simples como se fosse fácil tal empreitada. Não é. Tal desejo é muito complicado e muito caro no mundo pós-moderno e industrializado de hoje: o que é produzido em grande escala sai bem barato, e o que é feito de forma mais simples, mais artesanal, vai ficando muito caro. Os produtos da feira de orgânicos, livres de agrotóxicos são bem mais caros do que as verduras produzidas em grande escala nas estufas hidropônicas. Ser atendido no banco por um gerente de carne e osso, de forma simples, hoje é apenas para os milionários: para todos os outros resta a complexa e sofisticada tecnologia de atendimento computadorizado que é bem mais barata para o banco. E o que dizer das pessoas que humildemente declaram que só desejam uma casinha modesta em uma praia tranquila para passar seus dias? A tal vida simples, como tudo o mais, virou um produto. É preciso, para tê-la, ganhar muito dinheiro primeiro.

A pós-modernidade é uma fase da evolução histórica da humanidade, mas não é o resultado de uma inexorável evolução dela; está acontecendo com essas características que estamos descrevendo, mas poderia ser de outra maneira, que não a imaginemos neutra ou natural. Cabe, então questionar suas causas e perguntar o porquê de acontecer dessa maneira? A contemporaneidade não é apenas resultado de uma evolução tecnológica e social, também é determinada por interesses econômicos e políticos, resultado das escolhas de países e dos grupos dominantes. A globalização é um processo de colonização econômica e cultural. Talvez tenhamos dificuldades de enxergar as linhas de força que criaram a pós-modernidade tal como se apresenta, mas isso não nos isenta do esforço de buscar entender. A globalização, por exemplo, por que aconteceu?

Muito provavelmente isso se deu porque alguns países dominantes e grandes grupos econômicos tinham interesse em tornar mundiais seus esquemas produtivos e, por consequência, suas formas de organização social e sistemas de referências psicológicas e afetivas. O CID 10, a classificação internacional das doenças[10] (longe de ser a descrição de

---

10 Organização Mundial da Saúde. *Classificação de transtornos mentais e de comportamento da CID-10*. Porto Alegre: Artmed, 2017.

um jeito universal do adoecer humano), é uma tentativa de imposição dos critérios diagnósticos das sociedades economicamente dominante sobre as outras. Os critérios para o estresse pós-traumático da psiquiatria atual são bem adequados ao que acontece nos EUA, onde o estresse pós-traumático tem origem nas situações de guerra. O resultado dessa colonização psicopatológica é que no Brasil tal trauma está mais ligado à violência urbana e doméstica: os pacientes são mal diagnosticados e não recebem o tratamento adequado.

A globalização é originalmente um fenômeno econômico que avança como uma nuvem sobre os outros aspectos da vida. A primeira coisa a se tornar realmente global foi o mercado, depois veio a comunicação, e agora os costumes, a maneira de viver, de sofre, de amar, de adoecer, de criar filhos, de ser feliz, e de ser infeliz passa por um processo de globalização. Se globalização econômica já é um fato estabelecido, a ponto de parecer natural e fazer com que o próprio termo esteja caindo em desuso nos últimos cinco anos, a globalização cultural ainda está em andamento, pois ao redor do planeta as pessoas continuam vivendo e sofrendo de modo particular, embora, é claro, todos bebam Coca-Cola, usem celulares e computadores, comprem tênis da Nike, e assistam aos jogos da Copa do Mundo. Sim, o mercado e a comunicação já são globais, o resto da vida ainda está se transformando.

Falando do interesse econômico como o principal motor da pós-modernidade é muito instrutivo notar que, dentre as coisas que não mudaram, está a desigualdade socioeconômica. A distribuição da riqueza no planeta não mudou em nada com a passagem da era industrial para a era pós-moderna: 90% da riqueza continua nas mãos de 1% da população, de uma elite financeira e proprietária de terras, sobrando os 10% restantes da riqueza para ser divididos entre a toda uma classe média e pobre.

Será que o mal-estar contemporâneo do profissional liberal, de classe média, é o mesmo da sua empregada doméstica que é analfabeta funcional, mal sabe assinar o nome ou escrever alguns números, poucas palavras e que, envergonhada, disfarça isso evitando atender ao telefone porque não consegue anotar direito os recados, mas serve a mesa, arruma a cama, limpa o banheiro e lava a louça do jantar? Não pode ser. Dois personagens de vidas tão distintas, apesar de viverem na mesma época e no mesmo local, têm vidas muito diferentes. Seria interessante fazer uma estratificação social do mal-estar contemporâneo, mas esse é um não tema na literatura sobre o assunto, não aparece em nenhum livro, conferência, programa de TV ou comentado nas redes sociais. A razão para o silêncio sobre tema tão evidente é que os intelectuais que pensam, falam e escrevem sobre a pós-modernidade pertencem à uma classe média que, segundo o sociólogo Jessé de Souza, sofre de um complexo de culpa social, "tira onda de politicamente correta"[11] mas nada faz de concreto para uma mudança, e que sendo explorada pela classe rica dos proprietários de terra e dos grandes grupos financeiros acaba explorando, por conseguinte, também, a classe dos trabalhadores do-

---

11   Souza, Jessé de. *A tolice da inteligência brasileira*. São Paulo: Leya, 2017.

mésticos, contribuindo assim para a manutenção de uma das maiores desigualdades sociais, a do Brasil. Os pobres sofrem de um mal-estar contemporâneo que só dá em pobre. Saberíamos responder qual? Pense um pouco.

É a pobreza.

Parece não haver alternativa: ou entra no mercado ou desaparece. Se o mundo pós-moderno caracteriza-se que pela queda dos grandes ideais e das grandes causas ideológicas e grandes narrativas, caracteriza-se também pelo surgimento dos discursos do mercado que, em certos casos, apropria-se das ideologias caídas reapresentando-as em formas de produtos culturais, que flutuam ao sabor dos modismos e livres do peso que a ideologia e a tradição lhe conferiam anteriormente. Da *causa* ao *produto*: esse tem sido o movimento do mundo pós-moderno.

Novamente, a questão mais relevante no contexto deste livro é notar que viver nessa "praça de mercado pós-moderno" aumenta a ansiedade, apressa, não dá descanso. Se tínhamos a obrigação de produzir, agora temos a de consumir; se apenas levávamos a vida agora temos que estar felizes e realizados.

8. Um certo mal-estar

A expressão "mal-estar contemporâneo" recobre um conjunto de vivências sentidas como perturbadoras ou mesmo negativas relacionadas aos avanços tecnológicos, às mudanças sociais e aos novos comportamentos surgidos na pós-modernidade e, portanto, inexistentes em épocas anteriores (pelo menos na forma, intensidade, significação e repercussão atuais). Pós-modernidade essa que nos encanta e espanta, sendo que esse último sentimento facilmente se transforma em ansiedade e incerteza, as emoções mais características de nossa época, que dão o tom emocional da contemporaneidade de forma que podemos mesmo dizer o mal-estar contemporâneo é basicamente ansioso (lembrando que ansiedade é uma emoção ambivalente), pois ficamos ansiosos diante do que nos ameaça e do que desejamos, o que é exatamente o caso na pós-modernidade.

Se esse conceito estiver minimamente correto, tudo que podemos chamar de mal-estar contemporâneo ter algo a ver com ansiedade, angústia ou com algo intrinsecamente ligado a esses afetos humanos – nem que seja remotamente. Apenas o passar do tempo trazendo maior compreensão do que seja esse tal mal-estar vai confirmar ou negar o acerto desse conceito, e como o tempo pós-moderno está apenas começando, devemos renunciar à tentação de fornecer uma definição exata e aprender a trabalhar com a ideia imprecisa de "um certo" mal-estar contemporâneo. Embora polêmico, recusado por muitos e criticado pelo seu uso abusivo, o conceito vem se firmando e serve muito bem para designar as questões internas e subjetivas das pessoas que vivem os dias atuais. É paradoxal esse "mal". Não é um mal em si mesmo, mas um mal que emergiu da solução de outro problema. Isso significa que não pode ser resolvido pela simples eliminação de sua causa, pois, se incomoda aqui, satisfaz ali. O homem faz a história e vice-versa. Cada época "produz" suas doenças, mas também certas patologias podem caracterizar uma era. Quais são, então, as doenças da pós-modernidade? Curioso considerar, por exemplo, que os males da antiguidade eram a sífilis, a peste e a melancolia. E as doenças da modernidade? Pneumonia, gripe, tuberculose, e outras infecciosas. Já como candidatas ao rótulo de doenças da pós-modernidade teríamos as patologias cardíacas, doenças crônicas, como diabetes, neurológicas, como esclerose múltipla e Alzheimer, a AIDS obviamente, a dor crônica, a drogadicção, o câncer e os transtornos, tanto de ansiedade (nos quais o Brasil é campeão mundial), como os alimentares. A abundância de candidatas fez o estudioso do tema David Morris[12] sugerir que aquilo que se revela verdadeiramente distintivo da era pós-moderna é a ausência de uma doença representativa. "Falta: um dos termos pós-

---

12   Morris, David. *Doença e cultura na era pós-moderna*. Lisboa, Piaget, 1998.

-modernos favoritos. É aquilo que encontramos para onde quer que nos direcionemos: uma plenitude de vazio", diz ele em seu livro *Doença e cultura na era pós-moderna*.

No campo psiquiátrico também temos dificuldade para identificar uma patologia tipicamente pós-moderna. Qual se originou nos últimos setenta anos? A doença mental mais moderna que aparece nos manuais da especialidade, como o CID 10,[13] é o transtorno do pânico que Freud já descrevera em 1893, mas com o nome de neurose de angústia. As últimas versões do CID propõem como novas doenças a dependência da internet, de jogos virtuais etc.

Porém, é preciso verificar se há estabilidade ao longo do tempo ou se é apenas mais um sintoma de algum outro quadro psicopatológico que ainda não conseguimos discernir muito bem.

Diante dessa dificuldade para enxergar com clareza as doenças e o mal-estar contemporâneo podemos até nos perguntar se ele e mesmo a própria pós-modernidade existem mesmo de fato ou são apenas uma interessante fantasia intelectual, muito bem construída pelos pensadores contemporâneos para deleite deles próprios e do público em geral. Duvidar da pós-modernidade é bem pós-moderno (diriam os autores contemporâneos), ressaltando que a incerteza e a falta de referenciais são exatamente as características dessa era. Entendo, porém, que não necessitamos desse tautológico jogo de palavras para a enfrentar a questão. Revendo os pontos que destacamos ao tratar da cena contemporânea,

---

13 Organização Mundial da Saúde. *Classificação de transtornos mentais e de comportamento da CID-10*. Porto Alegre: Artmed, 2017.

podemos ver que, de fato, alguns fenômenos são inéditos: a vida virtual, a era da informação, a medicina paliativa, o excesso de opções. E que outros são exacerbações de fenômenos que já existiam em épocas anteriores: a alta tecnologia, o exibicionismo narcísico e globalização mercadológica. Ou seja, alguns desses fenômenos podem não ser tão novos, mas o são suas qualificações ou intensidades. Então, respondendo se há uma pós-modernidade mesmo, podemos dizer que fazemos parte daqueles que entendem ser inegável sua existência. Mesmo pensando que o sofrimento do homem é sempre o mesmo, assim como outros sentimentos, independentemente da época em que se está, parece inegável que há uma vivência contemporânea das velhas angústias humanas e que vale a pensa o esforço para identificar o adjetivo inédito nesses substantivos perenes.

É sempre possível encontrar, em tudo que é contemporâneo, uma raiz muito antiga. Qualquer historiador, minimante competente, sabe encontrar um evento antecedente para qualquer novidade, mas apenas os bons sabem dizer se aquilo é apenas um caso pontual ou uma real tendência (como seria a pós-modernidade). Na prática, o mal-estar contemporâneo é desigual; varia conforme a idade, o gênero e a classe social. As crianças, nativas digitais, parecem encantadas e animadas nos playgrounds virtuais de suas telas; já os pais, que pertencem a uma geração alarmada com tanta tecnologia, ficam preocupados com os excessos, buscam colocar limite no tempo gasto por seus filhos com o uso da tecnologia. Ainda não existem dados que esclareçam qual o malefício do uso da internet, ou em termos psicológicos ou em sociais. Na falta de outras referências, estamos educando a partir do medo. Os adolescentes e os adultos jovens, especialmente, parecem já bem ansiosos e estressados tentando dar conta de tanta informação e possibilidades profissionais. No campo das mudanças sociais e também no dos comportamentos amorosos e sexuais, os jovens seguem animados como crianças que eram até pouco tempo, desfrutando da liberdade pós-moderna.

Porém, todos sofrem pela obrigação de ser feliz e ter sucesso, tudo junto e ao mesmo tempo. No mundo dos adultos, é nítido o mal-estar com a pós-modernidade. Embora maduros em idade, todos se mostram muito inexperientes no mundo virtual e, como todo novato, ansiosos e às vezes bem atrapalhados. A entrada das mulheres no mercado de trabalho a partir dos anos 1950 (de longe a mudança social mais consequente da pós-modernidade), permite que elas vivenciam a pós-modernidade como um tempo de luta e entusiasmo revolucionário. Ao homem, por outro lado, resta o mal-estar disfarçado (ai dele se reclamar da revolução feminina, sob pena de ser massacrado socialmente nas redes sociais, acusado de retrógrado e machista), de se descobrir levado pela onda do empoderamento feminino. O acesso às maravilhas tecnológicas e o padecimento de seus incômodos são socialmente desiguais. Um exemplo aleatório: enquanto os italianos de Roma gozam do seu prazer estético exportando design para todo o mundo industrial (a partir de seus lindos e charmosos escritórios, que combinam computadores de última geração com belos quadros da Renascença), os brasileiros das pequenas cidades do interior industrializado colocam a mão na massa para transformar esses designs em produtos industrializados, pagando o preço da poluição no meio ambiente local sem as vantagens do consumo de tais produtos. A relação com a tecnologia desses dois sujeitos, o designer italiano e o operário brasileiro, convenhamos, são bem diferentes. Aqui ressurge a histórica separação entre trabalho intelectual e braçal, que resulta tanto na lógica de colonização da globalização quanto na prática da escravidão, como ocorreu no Brasil por mais de trezentos anos e ocorre ainda (disfarçadamente), por exemplo, na relação entre a classe média e seus empregados domésticos.

Esquematizando a questão do mal-estar contemporâneo, podemos dizer que ele ostenta as seguintes características; uma natureza ansiosa, (embora possa progredir para quadros depressivos); um caráter paradoxal (no sentido de ser um mal que vem de um bem); um tom recursivo (ao apresentar uma roupagem atual para antigas emoções humanas), além de ser heterogêneo, pois varia conforme idade, gênero e classe social. Finalmente, o ponto mais interessante sobre o mal-estar contemporâneo é: como estamos lidando com ele? Basicamente, podemos lidar por meio de três vias: a nostálgica, a química e a existencial.

Pegamos *a via nostálgica* quando pensamos que "antigamente é que era bom" e caímos na tentação de tentar fazer com que as coisas "voltem a ser como antes", insistindo no controle rígido, na disciplina, na autoridade e no poder paterno etc. Tais soluções, nostálgicas, pretendem oferecer "âncoras de certeza em um mundo tempestuoso", como explica o israelense Yuval Noah Harari.[14] Seguramente não será evitando a tecnologia e voltando a um idílico passado simples e bucolicamente natural que vamos resolver problemas como a ansiedade da informação ou os riscos da radiação que pode vir dos nossos celulares. Nunca uma sociedade voltou atrás em suas conquistas tecnológicas vantajosas (como a roda, as armas, a escrita etc.). Apesar dos problemas que a utilização do fogo trouxe, por exemplo, nenhuma civilização deixou de usá-lo. A *via química* não é exatamente uma novidade pós-moderna, já que substâncias químicas usadas para aliviar a angústia de viver existem desde sempre. O álcool é a mais clássica; desde sempre usado para esse fim. Não é de hoje que alguém enche a cara para esquecer um amor, ou se livrar de um sentimento de fracasso na profissão, dentre tantas outras situações. Atualmente, além do álcool e do tabaco (e outras drogas consideradas ilícitas, como a maconha, a cocaína etc.), temos também os remédios, das mais variadas categorias: para emagrecer, acalmar, tranquilizar, relaxar, além dos anabolizantes de academia e seus vários suplementos. E também não devemos esquecer a própria comida.

A novidade pós-moderna na via química é a disponibilidade de substâncias mais toleráveis, com uma menor incidência de efeitos colaterais físicos, psíquicos e sociais, como os antidepressivos. É espantoso notar que essas pílulas existem há "apenas" trinta anos e já ocupam um lugar de tanto destaque em nossa cultura, para o bem e para o mal. Ou melhor, para o uso e para o abuso.

---

14 Harari, Yuval Noah. *Sapiens – Uma breve história da humanidade*. Porto Alegre: L&PM, 2015.

Dentro da via química, os remédios psiquiátricos aparecem como o principal elemento controlador da vida psíquica, já que modulam praticamente todas as funções psíquicas por meio de suas ações sobre a neuroquímica cerebral. É evidente o sucesso clínico dessa estratégia de controle medicamentoso de sintomas psíquicos. Embora seja possível criticar a psiquiatria por sua pretensiosa sugestão de que o controle sintomático possa ser suficiente como forma de tratamento dos problemas mentais, não é razoável negar a melhora que os pacientes experimentam com a diminuição sintomática. Além disso, o controle sintomático abre espaço para muitas outras formas de intervenção terapêutica. Por exemplo, a diminuição dos sintomas psicóticos permite que se utilize a psicoterapia com esquizofrênicos, algo impossível antes do surgimento dos remédios psiquiátricos. Nesse sentido, poderíamos até dizer que os remédios são "as drogas da fala".[15] (Em outras circunstâncias, como no tratamento dos transtornos ansiosos, o remédio, ao diminuir a angústia, pode inibir a busca por uma psicoterapia, e nesse sentido, poderíamos dizer que eles são "as drogas que calam").

A *via existencial* é um pouco mais difícil de explicar, pois é um caminho que ainda não existe; precisa ser inventado à medida que as vivências incômodas vão surgindo. Antes de mais nada, a via existencial se constituiu pela recusa das soluções antigas que já não funcionavam mais e na corajosa atitude de algumas pessoas por se responsabilizarem pelas próprias escolhas (parando de culpar apenas a pós-modernidade).

---

[15] Quinet, Antonio. As 4 +1 condições da analise. Rio de Janeiro. Editora Zahar. 2005

Quando não existem estudos que indicam o caminho certo, ou quando a receita de família não funciona, os livros e os programas de autoajuda não me ajudam, nem

Portanto, deve-se aprender a viver a vida apesar da incerteza, da velocidade das coisas e da desconcertante fluidez do mundo pós-moderno.

os debates das redes sociais (que mais confundem do que orientam), e até estranhamente o polo norte perdeu seu poder magnético para direcionar a agulha da bússola mas, mesmo assim, é preciso fazer escolhas importantes para a vida, o que fazer? Escolher assim mesmo, sem garantias ou referências seguras. Inventa-se uma maneira de atravessar o mal-estar contemporâneo e segue-se a vida.

A ética existencialista insiste que todo homem é responsável por sua vida, mesmo que não seja culpado por ela, mesmo que não esteja no controle das circunstâncias que a determinam. Fazer minhas escolhas sem outro apoio a não ser o meu desejo e a minha coragem, eis o que me propõe a via existencial.

Estamos nessa via existencial quando conseguimos conviver com o mal-estar contemporâneo tolerando um tanto de ansiedade e incerteza sem pensar que isso é uma doença que precisa de cura a qualquer custo, sem cair na tentação de achar que vamos resolver as situações fazendo as coisas voltarem a ser o que eram antes, ficando atento para inventar novas possibilidades e, acima de tudo, assumindo a responsabilidade existencial por escolhas e posturas determinadas.

Tolerar, suportar, aguentar. Essas são as palavras do ser humano na cena contemporânea.

Suportar a ansiedade sem ficar doente tem se mostrado uma das habilidades mais necessárias para a vida contemporânea. O mal-estar contemporâneo tem o tom da ansiedade e diferencia-se do medo porque neste existe o objeto temido, enquanto na ansiedade falta o objeto, ou ele é indefinido, vago, o que leva a pessoa a se defrontar com suas piores fantasias. A ansiedade pós-moderna é da ordem do suspense, não do medo. Na atualidade, não sabemos direito o que nos ameaça e muitas vezes o que nos agrada também é a mesma coisa que nos incomoda. Será que nomear o perigo, estudá-lo, escrever e falar sobre ele, reduzindo o suspense e cifrando o medo é uma boa estratégia ou é melhor aprender a viver no suspense? Um moderno iluminista como Freud diria: conheça seu medo. Um pós-moderno como Lacan afirmaria: aguente o suspense; aprenda a conviver com a incerteza.

O mal-estar da Idade Média era o medo. O desses tempos pós-modernos é a ansiedade, a incerteza. O homem da época medieval não tinha dúvidas: ele sabia que iria morrer cedo (isso do nosso ponto de vista atual, pois naquela época morrer com quarenta ou cinquenta anos era o habitual; poderia ser de fome, de doença ou na guerra, mas era uma má certeza). Nós temos, hoje, muitas esperanças tecnológicas, o que não nos deixa com tanta certeza sobre a hora da morte. Consequentemente, com tal incerteza, advém a ansiedade. Lipovetsky cunhou o termo cultural "polifobia" para se referir a esse sentimento generalizado de ansiedade e medo. A facilidade da comunicação é ansiogênica. Assistir, em tempo real, ao início de uma guerra do outro lado do mundo, ou ver pelas redes sociais as imagens de um atentado que aconteceu a cinco minutos aumentam (e muito) a sensação de insegurança (mesmo objetivamente, por exemplo, o número de mortes violentas venha caindo ao longo dos últimos séculos).

Os gastroenterologistas tratam da intolerância à lactose; psiquiatras e psicanalistas tratam da intolerância à falta. Existe leite sem lactose para os problemas gástricos, mas ainda não se inventou uma vida sem falta.

Portanto, deve-se aprender a viver a vida apesar da incerteza, da velocidade das coisas e da desconcertante fluidez do mundo pós-moderno.

Essa é, porém, uma tarefa para a nossa geração, mas não para as próximas. Nossos filhos e netos farão uma equação diferente: o "apesar" vai sumir e eles simplesmente vão "viver" uma vida incerta, veloz e líquida com a maior naturalidade do mundo, quase sem espanto.

Mesmo quem escolhe a via química não está isento da via existencial. Para além das ansiedades e das angústias quimicamente atenuadas permanece uma mistura de encanto, espanto e incômodo ligados à pós-modernidade que nada resolvem ou curam, que é estrutural, e nesse sentido se diz que o mal-estar contemporâneo não é uma doença para ser tratada com remédio, mas sim uma experiência a ser tolerada e aproveitada como motor para a invenção de uma nova forma de levar a vida.

Na via existencial, a ideia é viver bem apesar do mal-estar contemporâneo: continuamos querendo ser felizes, amar e sermos amados, ter sucesso, saúde e tudo o mais. Afinal, tal via não é apenas de passividade e muito menos de masoquismo, ou uma sucumbência às circunstâncias da vida, mas um enfrentamento. Os psicanalistas falam em *sustentar o desejo*. Essa parece uma expressão muito boa.

ID,2022-03-02 19:19:29,FreeText,"# PARTE 2

A invenção do remédio"

9. Os remédios entram em cena

"Não é o amor que te deixa calmo, tranquilo
e feliz, o nome disso é Rivotril."
James Brown

Dentre as figuras que compõem a cena contemporânea, destaca-se nesta segunda parte o surgimento dos remédios psiquiátricos, seus usos e seus abusos no tratamento das doenças mentais e também no enfrentamento das angústias existenciais cotidianas. Não concebemos o remédio psiquiátrico como medicação para o mal-estar contemporâneo, mas como mais um dos muitos fenômenos pós-modernos que, como os outros apresentados na primeira parte, podem nos encantar ou nos perturbar com seus fantásticos efeitos.

Esses remédios surgiram para tratar doentes mentais, mas logo ficou claro que eles também produziam efeitos no psiquismo de pessoas normais, o que foi desconcertante. E agora? Queremos, enquanto sociedade, utilizá-los? É legítimo ou ético tal uso? Qual o efeito a longo prazo para o psiquismo humano de uma substância que modula a angústia e aumenta a tolerância ao que os psicanalistas chamam de falta estrutural do ser? Quem enfrenta a vida "de cara limpa", sem os remédios psiquiátricos, tornar-se-ia um ser humano melhor do que aqueles que optaram pela via química? Quando concordamos, nós psiquiatras, em prescrever antidepressivos para pessoas com sofrimento existencial, estamos roubando-lhe a oportunidade de vivenciar a perda e se ver como um sujeito faltante? Quem passa por uma separação amorosa (com todo o desespero que é costumeiro nesses casos) aprende mais se não tiver tomado antidepressivos para lidar com esse trauma? É ético tomar um ansiolítico para suportar as pressões do trabalho ou para não ficar tão triste porque um filho morreu, ou mesmo para não ficar tão angustiado porque não se sabe qual profissão escolher?

Sou psiquiatra e psicanalista. Essas questões fazem parte de minha prática clínica cotidiana, mas ultrapassam esses limites e se derramam sobre a sociedade contemporânea, transformando-se em fato cultural a ser mais bem compreendido. É nesse sentido que podemos dizer que o remédio psiquiátrico é importante demais para ser deixado apenas nas mãos dos médicos que os prescrevem: eles interessam também aos filósofos, antropólogos, sociólogos, economistas, psicólogos, psicanalistas, e todos os pensadores da cultura pós-moderna que buscam vislumbrar e criticar as linhas de forças que os produzem e os sustentam.

Toda época precisa encontrar uma ética para seus dilemas. Podemos tratar a questão dos remédios psiquiátricos com a ética que herdamos dos tempos industriais da modernidade, ou podemos buscar algo novo para organizar as práticas sociais da pós-modernidade. Para cada nova tecnologia precisamos uma nova ética. Tanto a capacidade da medicina para transplantar órgãos como a dos remédios psiquiátricos para criar a subjetividade artificial exigem uma nova ética, que dê ferramentas para resolver questões como a seguinte: quem usa remédios psiquiátricos para lidar com as angústias cotidianas é um covarde existencial ou alguém que leva a vida de uma maneira pós-moderna?

Nesse campo da ética dos remédios psiquiátricos é notável a diferença entre a psiquiatria e a psicanálise. Os psicanalistas debatem e muito sobre a ética; já os psiquiatras, encantados com os aspectos técnicos da psicofarmacologia e pensando ingenuamente que ética é coisa para filósofos, desviam-se dessa questão. Se os psiquiatras insistirem nessa postura correm o risco de que suas práticas farmacológicas sejam socialmente reguladas pelos psicólogos, pelos psicanalistas e até pelos intelectuais da área das humanidades; seria perder o bonde da história pela segunda vez nos tempos recentes.

A primeira vez foi na reforma psiquiátrica. Quando esse movimento teve início, os psiquiatras não deram a mínima importância e pensaram que era apenas "coisa de psicólogo e dos movimentos sociais", quando se deram conta, os manicômios estavam sendo fechados, as internações psiquiátricas sendo proibidas e um novo modelo de assistência à saúde mental era implantado em todos o país sem a participação da psiquiatria. Apenas de uma década para cá que a psiquiatria reagiu e vem conduzindo uma espécie de contrarreforma, buscando corrigir os erros e os equívocos, como, por exemplo, a falta de equipamento para o tratamento dos pacientes agudos.

Se os psiquiatras não valorizarem o debate sobre a dimensão social, ideológica e econômica dos usos e dos abusos dos psicotrópicos correm o risco de que tal prática psiquiátrica seja tutelada e engolida ou por uma ideologia promovida pela indústria farmacêutica de mãos dadas com a cultura da felicidade ou pelo radicalismo contrário de alguns setores das ciências humanas e, novamente, estarão alienados do processo, restando a função de serem superqualificados balconistas de farmácia. A indústria farmacêutica é participante ativa desse movimento de validação social dos remédios psiquiátricos por meio de sutis mecanismos de formação da opinião pública. Os únicos que parecem querer passar ao largo da questão da ética e da filosofia dos remédios psiquiátricos são os próprios psiquiatras.

Quando penso que os *antidepressivos toleráveis* existem há apenas trinta anos, fico espantado com a penetração deles em nossa cultura. Atualmente, parece natural que alguém que está se debatendo com problemas familiares, amorosos ou pessoais pense em tomar "um remedinho psiquiátrico" só para ajudar. A via química tem crescido velozmente. Aonde ela nos levará? Provavelmente à uma subjetividade artificial, algo análogo à inteligência artificial que os computadores já nos levam.

10. O paciente psiquiátrico e suas três figuras

Para aprofundar o estudo sobre o remédio psiquiátrico na pós-modernidade, vamos distinguir três tipos de pacientes psiquiátricos: o psicótico, o deprimido-ansioso e o paciente contemporâneo.

O paciente número um, o *psicótico*, é o louco que delira e alucina, que tem certeza de que é Napoleão Bonaparte, ou enviado especial de Jesus Cristo: ele está sendo perseguido, sofre de doenças como esquizofrenia ou paranoia.

O paciente número dois, o *deprimido-ansioso*, sofre de doenças como depressão melancólica, transtorno afetivo bipolar, transtorno obsessivo-compulsivo grave (que vai bem além das esquisitas e risíveis manias que muitos de nós temos secretamente), a síndrome do pânico (que o faz perder, por exemplo, o emprego, evitar festas, cinemas, shows e o leva ao pronto-socorro quase toda semana – para ouvir dos médicos coisas como "o senhor não tem nada") e sofre também com a dependência química que degrada sua vida e muitas vezes a de sua família.

O paciente número três, o *paciente contemporâneo*, não sofre de uma doença mental específica, mas apresenta um sofrimento psíquico excessivo. Não delira nem alucina como o psicótico, também não tem uma psicopatologia grave e disfuncional como o deprimido-ansioso, mas vai ao psiquiatra porque está passando por alguma crise em sua vida que provoca esse sofrimento a qual ele considera excessivo.

Além de caracterizar detalhadamente cada uma dessas figuras, vamos analisar como cada uma é vista na família, no trabalho e nas relações amorosas, além de suas representações sociais e, especialmente, qual a relação com os remédios psiquiátricos.

A fronteira entre o paciente psicótico e os outros dois tipos é bem nítida: ele alucina e delira. Os outros não. Ele não consegue participar da vida social de forma autônoma, não consegue trabalhar e raramente casa e constitui uma família. Enquanto o segundo tipo de paciente, o deprimido-ansioso, leva uma vida social quase normal, o psicótico precisa da supervisão de algum familiar, pois não consegue fazer as coisas por sua própria conta. O próprio tratamento psiquiátrico do psicótico precisa ser supervisionado pela família. Enquanto os outros dois procuram o psiquiatra, o psicótico é levado a ele, e o mesmo se dá com os remédios: eles não reconhecem a necessidade de medicação específica e a toma muitas vezes sob pressão familiar. Já os outros dois tipos de paciente cuidam de sua própria medicação. Lacan afirmou que só é louco quem pode, sugerindo que a psicose tem uma estrutura, uma natureza diferente da dos outros transtornos psiquiátricos. Já a distinção entre o deprimido-ansioso e o paciente contemporâneo parece ser de outra ordem.

O deprimido-ansioso tem uma doença mental, enquanto o paciente contemporâneo vive uma crise em algum aspecto de sua vida. Do ponto de vista sintomático, eles são bem parecidos: ambos sofrem de tristeza, desânimo, cansaço, isolamento, preocupação, medo, agitação, inquietação, insônia, dentre muitos outros sintomas. A diferença está na intensidade, no prejuízo funcional e, principalmente, na existência ou não de problemas ou circunstâncias que expliquem tais sintomas. A "crise" é compreensível: a pessoa está passando por algo difícil e sente as indicações de que é algo mais, mas ter uma *"doença"* não é compreensível, não faz sentido; a própria pessoa não entende por que está sentindo tudo aquilo que acaba gerando um sofrimento adicional, uma certa desmoralização psicológica e social. É bastante comum um depressivo ouvir coisas do tipo "você não sabe o que é ter obstáculos na vida, vá visitar um hospital de câncer infantil para ver o que é problema de verdade". O paciente contemporâneo é alguém que, a partir dos problemas, fica sintomático; já o deprimido-ansioso fica sintomático, independentemente de ter algo ou não. A vida profissional do deprimido-ansioso se desenvolve normalmente até que a doença começa a atrapalhar, seja diminuindo o desempenho ou mesmo levando-o a períodos de afastamento do trabalho, já o paciente contemporâneo leva uma vida profissional normal, embora só ele saiba a que preço.

A atitude em relação aos remédios é ambivalente nos dois tipos, embora com algumas nuances. O deprimido-ansioso precisa tomar o remédio e muitas vezes não quer; já o paciente contemporâneo pensa em tomar o remédio embora muitas vezes não precise.

Aqui temos uma questão interessante: quem é que decide se uma pessoa precisa ou não de remédios psiquiátricos? O médico ou o paciente? O poder de prescrição está nas mãos do médico, mas, cada vez mais, e essa é uma das características da medicina pós-moderna, os pacientes estão reivindicando participação na escolha dos seus próprios tratamentos. O ideal, para um profissional de saúde, é que ele busque critérios objetivos para a indicação e prescrição dos remédios, ao passo que o sofrimento dos pacientes é por definição subjetivo, o que os autoriza psicologicamente a dizer se precisam ou não de medicação. Talvez o paciente confunda querer com precisar, distinção que os médicos cuidam em manter com a clareza do cientificismo médico atual. Esse tema pertence à esfera do biopoder foucaultiano e, provavelmente, ficara ainda mais evidente com o crescimento do acesso a informações médicas promovido pela internet.

Os dois primeiros (o psicótico e o deprimido-ansioso), já estão sob os cuidados da psiquiatria há vários séculos, mas o paciente número três é uma figura nova nos consultórios de psiquiatria. Ele representa a novidade pós-moderna; é alguém que, diante de uma crise pessoal, familiar, profissional ou amorosa busca uma ajuda farmacológica. Se o uso de remédios psiquiátricos no tratamento dos pacientes dos dois primeiros tipos esteve sempre sobre críticas e suspeitas de dominação social e interesses financeiros, o uso dos psicotrópicos no paciente número três aparece como um escândalo pós-moderno, vigorosamente denunciado como uma espécie de covardia existencial diante das angústias normais da vida. Enfrentar o cotidiano "de cara limpa", sem drogas (sejam as prescritas pelos psiquiátricos ou as compradas dos traficantes), tem suas vantagens: amadurece, ensina persistência, resignação e superação. Já os remédios psiquiátricos não ensinam nada: quando a pessoa para de tomá-los volta a ser como era antes. Pois bem, os sofrimentos da vida cotidiana amadurecem, a não ser quando embrutecem o ser ou simplesmente devastam a vida da pessoa por sua cronicidade ou gravidade. Distinguir quando é um caso ou outro é a complicada tarefa dos psiquiatras pós-modernos, que recebem em seus consultórios cada vez mais pessoas pedindo alívio farmacológico para os problemas cotidianos. Os profissionais dessa área na década de 1960 não tinham o que oferecer, mas os atuais têm: antidepressivos. Com efeitos colaterais mais toleráveis.

Não existe exatamente um debate sobre essa questão. O que há é uma prática silenciosa por parte dos pacientes que tomam remédios psiquiátricos para lidar com as angústias e as infelicidades da vida cotidiana e um discurso emplogado por parte dos intelectuais contemporâneos que criticam fortemente essa prática pós-moderna. Uma prática por um lado e um discurso por outro, que aparentemente não se tocam. O paciente mesmo não faz discurso, não participa de debate algum. Ele simplesmente vai ao psiquiatra ou consegue as receitas com o cardiologista, o ginecologista ou o clínico geral, começa a tomar os antidepressivos e os calmantes, de modo geral escondido dos amigos, do marido ou da esposa (fazer uso de remédio psiquiátrico é um gesto íntimo, pelo menos para alguns). O discurso fica por conta dos psicanalistas, dos psicólogos e dos pensadores da cultura contemporânea que escrevem livros, dão palestras, participam de programas, influenciam as redes sociais, mas não atendem pacientes.

Talvez essa diferença em termo de contato clínico explique um pouco as diferenças de atitude do psiquiatra e do intelectual frente aos remédios psiquiátricos. Além disso, quanto aos psicanalistas e aos psicólogos, a diferença está em outro ponto: eles atendem pacientes e suportam esse encontro com o que se mostra real da angústia. A diferença nesse caso é que os analistas e os psicólogos dominam uma das ferramentas mais eficazes para o trabalho sobre o sofrimento psíquico: a palavra. Já os psiquiatras atuais, altamente especializados nas pílulas, possuem pouco ou nenhum treinamento sobre o trabalho pela palavra. É bastante notório como as conversas entre médicos e pacientes vem sendo sistematicamente substituídas por entrevistas padronizadas e respostas a questionários, que embora eficientes como coleta de informação, são nada do ponto de vista terapêutico, chegando a atrapalhar a clínica. Outra diferença é o fato de que o uso dos remédios psiquiátricos amplia o mercado de trabalho dos psiquiatras e encolhe o mercado de trabalho dos psicanalistas e psicoterapeutas.

A seguir, analisaremos separadamente cada um dos três tipos de pacientes. Antes, porém, cabe explicitar minha posição pessoal a respeito do uso dos remédios psiquiátricos com cada um deles: sou quase totalmente a favor em casos de psicóticos, muito favorável com os depressivos-ansiosos, e favorável em certas circunstâncias com aquelas pessoas com problemas existenciais, os pacientes contemporâneos.

11. O psicótico

Referir-se a alguém como "louco" merece alguns comentários. Fico pensando se isso é ofensivo, preconceituoso, excludente. Eu falo muito sobre o tema da loucura (essa é minha prática, eu sou psiquiatra, um psicanalista), mas às vezes fico um tanto constrangido em usar essa expressão, pensando que talvez seja um pouco intolerante de minha parte para com a pessoa. Já com a palavra loucura não existe esse peso: ela é bem vista. Há um livro de Foucault chamado *História da loucura*,[1] e todo mundo que é da área curte esse título; ninguém acha que é preconceituoso. Por sua vez, a palavra "louco" tem vários significados, positivos e negativos. Uma mulher num encontro romântico, que está virando encontro erótico devido à ansiedade do homem pode dizer a ele em um determinado momento "você está louco?" e ele vai responder enfaticamente "sim: louco por você". Esse é um sentido positivo. Agora vamos imaginar o mesmo casal, alguns anos depois, discutindo por que a esposa não deixa o marido ver as mensagens de seu celular. Ele insiste, acusa a esposa de esconder coisas dele, diz que ela está tendo um caso com um colega de trabalho. Nesse momento, ela diz: "você está

---

1   Foucault, Michel. *História da loucura*. São Paulo: Perspectiva, 2005.

louco". A mesma frase, os mesmos significantes, mas aqui com significado negativo, provavelmente seguido por um "acho que você precisa se tratar". Um outro uso positivo: os torcedores de um determinado time de futebol adoram se definir como um bando de loucos. Sentem orgulho disso, cantam aos quatro ventos isso. É interessante notar como a palavra sozinha não diz tudo, é preciso prestar atenção ao contexto e também como elas carregam preconceitos.

Alguns termos da psiquiatria alcançaram tanto sucesso no público leigo, que passaram a ser usadas cotidianamente, sem rigor científico, geralmente como crítica. Vejamos o que aconteceu com a palavra "histérico": o que era um diagnóstico virou um xingamento. Novamente o nosso casal brigando. Mas agora é o marido, diante de uma expressão emocional mais forte da esposa, quem diz enfaticamente: "sua histérica, pare com isto". Histeria é um termo que ficou tão popular, que a Cid 10[2] justificou sua retirada da nosologia psiquiatra argumentando que ela reforçava um preconceito contra as mulheres. Essa justificativa é falsa, a verdade é que há a intenção de expurgar dos sistemas classificatórios qualquer vestígio da psicanálise: ela serve para mostrar como o sucesso de um conceito científico o transforma em um termo popular retirando-lhe o valor teórico. Foi exatamente isso que aconteceu coma expressão "o complexo de Édipo". Era um termo extremamente técnico de Freud para mostrar um processo de subjetivação que se transformou na ideia de se apaixonar pela mãe e odiar o pai,

---

2   Organização Mundial da Saúde. *Classificação de transtornos mentais e de comportamento da CID-10*. Porto Alegre: Artmed, 2017.

e todo mundo se sente à vontade para falar isso. Antigamente os psicanalistas diziam aos seus pacientes, depois de meses de análise: seu problema é que "você tem complexo de Édipo", e aquilo mobilizava o psíquico do paciente. Hoje, os pacientes chegam nos psicanalistas e dizem: "doutor, o meu problema é que eu gosto do meu pai". Aquilo que era diagnóstico virou queixa.

"Idiota" e "imbecil" são outras duas palavras que também passaram por esse processo: ambas começaram como diagnóstico psiquiátrico para pacientes que apresentavam coeficiente de inteligência (QI) muito baixo. Eram termos técnicos: as pessoas faziam o teste e saía lá: idiota ou imbecil. Hoje virou xingamento, e eu não sei por que é algo usado especialmente entre irmãos (nunca consegui descobrir por que os irmãos têm tanto prazer em xingar-se com esses termos). O que era da psicologia e psiquiatria se tornando senso comum.

Voltando ao tema do psicótico, vamos nos lembrar que não há nenhuma sociedade, por mais primitiva que seja, onde o louco não tenha sido excluído: o que muda é o jeito e o nível de crueldade. Na Idade Média, por exemplo, não havia o aprisionamento do louco: ele perambulava pelas cidades e pelos campos ou ficava na casa da família, mas não se casava, não trabalhava e seu discurso não era levado muito a sério. Ele não era excluído, porém estava marginalizado. A sociedade medieval tolerava alguém que não trabalhasse, mas no renascimento a vida do louco tornou-se mais problemática. É que, além de o louco não trabalhar, de não produzir, ele passou a atrapalhar a disciplina e a organização social fundamentais para o pleno desenvolvimento do mercantilismo. Ou seja, o louco atrapalhava aquele que queria trabalhar. A loucura se associa a desordem, caos, indisciplina, justamente em um mundo cada vez mais organizado para progredir econômica e socialmente. Essa diminuição da tolerância fez com que o louco passasse a ser mais controlado, mais normatizado, vigiado, excluído e, finalmente, aprisionado.

Percebe-se que o louco nem sempre foi *paciente* da psiquiatria: na Idade Média ele era problema para religiosos e autoridades; em outras sociedades era assunto para feiticeiros; mesmo na antiguidade clássica grega ficava aos cuidados dos médicos generalistas, não de psiquiatras que ainda não existiam, como também ainda não existia a ideia de separar doenças mentais das físicas. Tudo era manifestação de uma mesma *phisis*, o grande objeto da medicina hipocrática da época. O louco, em sua loucura era assunto de sacerdotes, padres, feiticeiros da tribo, até da polícia, mas não era assunto de médico. Tem uma época em que isso muda e o louco passa a ser cuidado pela medicina. Foi durante a Revolução Francesa, lá por 1789, que a medicina se apropriaria dos loucos. Foi nesse período que surgia Philippe Pinel libertando-os das correntes e dizendo: "este aqui não é um possuído pelo demônio, não é um criminoso violento, não é um vagabundo, não é apenas alguém que não produz. É um paciente". Isso teve duas grandes consequências. Primeiro, ele criava com isso a psiquiatria e, em segundo lugar, abria espaço para um tratamento mais humanizado para os loucos que, agora com o novo status de pacientes, passam a ser estudados, observados, e cuidados (não com remédios psiquiátricos, que ainda demorariam mais de cento e cinquenta anos para serem descobertos) por meio de um método denominado por ele de "tratamento moral". Recomendo a leitura do livro de Pinel – já publicado no Brasil –, que apresenta um texto fácil e até agradável.[3]

Como dito, ao mesmo tempo em que cria a psiquiatria, Pinel separa o louco do vagabundo que não produz e do fora da lei que comete crimes. Até aquele momento, essas figuras eram muito misturadas, pareciam a mesma coisa, eram tratadas do mesmo jeito e, de fato, tinham um aspecto em comum: estavam todos fora do processo produtivo econômico: nenhum deles trabalhava nem gerava riqueza.

O louco carrega duas marcas culturais que nunca mudaram ao longo da história e, independentemente da época e do tipo de sociedade, permanecem: a primeira é essa improdutividade econômica, e a segunda é a marginalização nas relações sociais. Isso ocorria na era agrícola, continuou na modernidade e assim perdura na pós-modernidade. É possível um esquizofrênico casar-se? Pense um pouco: você apoiaria, se a pessoa escolhida por seu filho ou filha para casar tivesse um diagnóstico desse?

A situação do paciente psicótico na sociedade contemporânea é basicamente de exclusão, seja porque ele é vítima de um preconceito ou por ele próprio não conseguir se inserir, tanto no sistema econômico e profissional de produção e consumo, como no de trocas sociais e afetivas. O psicótico raramente consegue trabalhar, ganhar seu sustento

---

[3] Pinel, Philippe. *Tratado médico-filosófico sobre a alienação mental e a mania.* Porto Alegre: Editora da UFRGS, 2007.

ou manter relações afetivas e sexuais satisfatórias. Muito menos constituir uma família.

O nosso mundo é propício e favorável ao neurótico. É um mundo que não tem nada a ver com o psicótico. Nosso mundo foi feito *por* e *para* neuróticos. A neurose produz dinheiro, conhecimento, autoconhecimento e relacionamentos. Note o quanto trabalhamos, corremos atrás de sucesso, dinheiro, desempenho profissional e pessoal. Trabalhamos a semana inteira, à noite faculdade, de madrugada estudamos, aos fins de semana participamos de um workshop ou curso de especialização; nas férias vamos para Londres aprimorar o inglês. É a neurose que nos move. Nós somos neuróticos porque achamos que tem uma coisa que vai nos fazer feliz... mas não sabemos o que é ainda, mas procuramos. Nesse meio-tempo, um monte de gente surge dizendo que sabe o que é: conhecimento, estudo, produção, e nisso o mundo anda e as pessoas vão atrás. Quanto conhecimento foi produzido por neuróticos em busca de se entender, ou ser famoso? Quanta arte é feita por gente que quer fazer alguma coisa? O nosso mundo é feito sob medida para os neuróticos, que somos todos nós. Tudo isso pode parecer um pouco conspiratório, mas reconheçamos que é produtivo: vai muito bem com a lógica capitalista e mercadológica do nosso mundo. Como já foi dito, muito melhor ser neurótico e trabalhar muito, porque assim ganha-se muito dinheiro para pagar análise e remédios psiquiátricos.

O psicótico não cabe neste mundo. Ele não consegue participar desse jogo (embora possa ser muito criativo em alguns casos). Eles não suportam rotinas e nem "engolir sapos". Para vencer na vida não basta ser inteligente ou talentoso: tem que ter tolerância emocional, brigar na hora certa, tolerar angústias. E os psicóticos não conseguem nada disso. O louco não ganha seu dinheiro, ele é sustentado pela família ou pelo Estado. Estudos econômicos americanos mostram que famílias de esquizofrênicos, ao longo de dez anos, empobrecem em termos de patrimônio, pois quem é diagnosticado com essa doença não trabalha e isso geralmente implica que um de seus membros também não trabalhe integralmente para poder prestar os cuidados necessários ao considerado "improdutivo". O psicótico não tem habilidades sociais: ele se isola ou é invasivo, no contato com as pessoas da família e fora dela.

A marginalização social dos psicóticos não mudou ao longo da história, mas na metade do século XX houve um acontecimento que transformou a vida deles: surgiram os remédios psiquiátricos. O primeiro considerado realmente efetivo apareceu por volta de 1950 e chamava-se Clorpromazina, usado para tratar esquizofrenia e descoberto quase por acaso: o psiquiatra francês Pierre Deniker, chefe da enfermaria masculina do Hospital Sainte-Anne, em Paris, participava de um jantar familiar quando ouviu seu cunhado, que também era médico, comentar sobre uma nova substância química sintetizada pela Rhône-Poulenc, a 4.560R.P., que os cirurgiões da marinha francesa vinham testando, com sucesso, como remédio para diminuir a ansiedade dos pacientes antes das cirurgias. Deniker pensou que a 4.560R.P. talvez acalmasse também seus agitados pacientes psiquiátricos do Sainte-Anne, e conseguiu algumas amostras para um teste. O resultado foi surpreendente: a enfermaria ficou silenciosa e sem os costumeiros tumultos.

Nos meses seguintes, vários pacientes esquizofrênicos e com outras psicoses foram tratados com a substância e apresentavam diminuição dos sintomas psicóticos. Mais alguns meses se passaram e o remédio foi lançado comercialmente na França com o nome de Largactil, Thorazine nos EUA, e Amplictil no Brasil. O sucesso da Clorpromazina animou a indústria farmacêutica e em poucos anos já havia vários antipsicóticos no mercado.

Há uma coincidência interessante nessa história. O Hospital Sainte-Anne, no qual foi testado esse primeiro antipsicótico, era o mesmo no qual o psicanalista Jacques Lacan trabalhou por vários anos. Em 1952, enquanto em uma enfermaria Deniker ensaiava o uso clínico do Amplictil, na outra Lacan preparava seu discurso sobre "Função e campo da fala e da linguagem em psicanálise"[4]......, a psiquiatria farmacológica nascendo no mesmo local e ao mesmo tempo em que surgia a mais abstrata das psicoterapias: a psicanálise lacaniana. Pílulas e palavras na mesma cena.

O impacto do surgimento dos antipsicóticos na vida dos pacientes e na prática psiquiátrica foi tão grande, que se passou a falar em uma segunda revolução: a farmacológica, tão importante quanto a primeira protagonizada por Pinel. Na época em que surgiu a Clorpromazina não havia nenhum tratamento minimamente eficiente para a esquizofrenia e os pacientes colocados em manicômios, lá permanecendo por toda a vida. Nos EUA, quando o Thorazine foi lançado, havia 550 mil pacientes psiquiátricos internados; dez anos

---

4   Lacan, Jacques. "Função e campo da fala e da linguagem". In: *Escritos*. Rio de Janeiro: Zahar, 1998.

depois eram 450 mil. 100 mil pacientes a menos apesar do crescimento da população. O efeito mais dramático dos antipsicóticos foi permitir que os loucos continuassem a viver perto de suas famílias, em suas casas, comunidades. Marginalizados como sempre, mas não mais trancafiados.

Essa classe de medicação tornou-se uma das duas forças que levou ao movimento de desinstitucionalização dos pacientes psiquiátricos (a outra foi a reforma psiquiátrica). Embora não curem a esquizofrenia, os antipsicóticos efetivamente diminuem delírios, alucinações, agitação psicomotora e facilitam a conversa com os psicóticos e abrem as portas para as psicoterapias e outras terapias não farmacológicas, como a ocupacional. Nesse sentido, o antipsicótico é *a droga da fala* para os psicóticos e, por analogia, os antidepressivos podem ser chamados de *drogas que calam* em relação ao deprimido-ansiosos, pois, ao abaixar a angústia, diminui também a busca pela psicoterapia.

A vida de um psicótico hoje é, portanto, melhor do que há setenta anos, quando não havia ainda os remédios psiquiátricos? Se ele não estivesse trancafiado em um manicômio para o resto da vida estaria no "quartinho do louco" no fundo da casa ou era um "louco *de rua*". Quando eu era criança, lá no interior do Nordeste, conheci um louco chamado Levy. Ele tinha por volta de quarenta anos de idade, mas aparência de um menino: pálido, cabelos negros bem lisos (tipo "lambido"), olhar vivaz e um sorriso esquisito que fazia aparecer uns poucos dentes. Um dia, com um aceno de mão, ele pediu para que eu me aproximasse, e eu já estava indo quando atrás de mim ouvi a voz da minha tia dizendo "não". Ela explicou para tomar cuidado porque ele não era "muito manso". Levy era o "louco da família" e vivia trancado em um quarto nos fundos da casa, com uma porta partida ao meio (um costume do Nordeste brasileiro), de forma que era possível abrir a parte de cima sem abrir a parte de baixo (o que a transformava em uma espécie de janela). Foi por essa abertura que vi Levy pela primeira vez. Com o tempo descobri que muitas casas do sertão nordestino tinham um "quartinho do louco", onde vivia um membro perturbado da família. Não era exatamente uma prisão. Não tinha cordas nem correntes, e em vários dias o louco podia sair e participar da vida da família. Quando me tornei médico e estava fazendo meu treinamento como psiquiatra no hospital do Juquery, em São Paulo, me ensinaram que aquilo que Levy tinha chamava-se esquizofrenia. Isso me fez pensar que, durante a minha infância, eu havia convivido com muitos loucos, não só os dos quartinhos mas também aqueles que perambulavam relativamente em paz pelas ruas das cidades do interior do Brasil, que conviviam muito bem com seus loucos, de certa forma assimilados pela comunidade, parte do folclore local (as pessoas costumavam brincar com eles, que muitas vezes eram abusados porque tais brincadeiras geralmente os faziam sofrer física ou psiquicamente) mas, principalmente, eram livres. Penso (às vezes acho que é uma mera ilusão) que um louco vive melhor numa cidade do interior do que em grandes cidades, como São Paulo, por exemplo. Já avisei minha esposa: se eu ficar totalmente louco é para ela me levar para a cidade do interior onde nasci e me deixar por lá. Nas grandes cidades, a loucura é pouco tolerada porque ela atrapalha a rotina apertada de trabalho e compromissos do dia a dia; nas megalópoles pós-modernas não temos tempo para brincar com os loucos. Se um deles, "de rua", começa a fazer muita confusão: rapidamente chamamos a polícia ou o SAMU para interná-lo. Mas existem ainda alguns que resistem nas ruas.

Eu conheço Maria há 15 anos. Ela vive nas ruas dos Jardins, um bairro próximo à Avenida Paulista, em São Paulo. Durante o dia ela perambula pelas ruas carregando nas costas (como uma mochila), um colchão enrolado e uma trouxa com seus poucos pertences. Todo mundo no bairro a conhece, comida não lhe falta (tem sempre alguém lhe oferecendo uma quentinha), e também cigarros, que ela está quase sempre fumando. À noite, Maria escolhe a marquise de um prédio e faz de um canto qualquer seu quarto de dormir. Ela fala muito, sozinha, discute com pessoas que ninguém mais vê. Entretanto, raramente a vejo conversando com alguma pessoa de carne e osso. Um pouco agitada, ela anda com agilidade e rapidez de um lado para outro. O que mais a deixa nervosa é alguém chamá-la pelo nome: basta isso para ela ficar uns 15 minutos gritando muito alto, visivelmente transtornada: "eu não sou Maria, eu não sou Maria". Provavelmente esse nome faz parte de algum delírio, e é aí que ela é abusada. Tem sempre alguém que, na falta de coisa melhor para fazer para se divertir, passa e a chama de "Maria". Pronto: começa a gritaria e o desespero da louca da rua, que não se chama Maria e que ninguém sabe o verdadeiro nome. Tem sido assim por quinze anos pelo menos, e muitas vezes algum morador incomodado com o barulho chama a polícia, que nada faz porque diz que ela é doente mental e nesse caso é com o SAMU, que também não vem alegando que não tem treinamento para lidar com esse tipo de paciente, fazendo, assim, com que Maria siga pelas ruas. Fico pensando o que é melhor: transformá-la em paciente medicada e usuária do sistema de saúde mental ou deixá-la levar sua vida de louca da rua, às vezes abusada, mas livre? Tem coisas no ser humano que nem a esquizofrenia muda. Uma delas é o gosto pela liberdade.

Se Maria fosse levada ao sistema de saúde mental ela seria tratada de uma maneira muita diversa do que há setenta anos. Pontuo duas grandes diferenças: atualmente há medicação com antipsicóticos (que não existia antigamente), e não seria internada em manicômios (esses sim existiam). Hoje, o modelo de tratamento da psicose no Brasil é centralizado nos Centros de Atenção Psicossocial (Caps), que oferecem tratamento em modelo de hospital-dia, no qual o paciente permanece durante o horário comercial na instituição e volta para sua casa à noite, evitando a internação e favorecendo a ressocialização. É o melhor modelo de tratamento dos loucos que já se desenvolveu ao longo de toda a história; não há nenhum modelo melhor que esse em nenhum lugar do mundo. Ele tem seus problemas, suas limitações, especialmente o baixo número de vagas para uma população tão numerosa quanto a do Brasil, mas é um jeito muito interessante de tratamento, um local de acolhimento que só funciona por um período, onde o paciente tem o atendimento do psiquiatra, do psicólogo, terapia em grupo, assistente social, atendimento para a família e, de noite, volta para casa. Eu acho que a vida de alguém, assim, é melhor do que há 70 anos. E o que permitiu isso? Por que esse modelo funciona? Duas forças criaram esse modelo de atendimento: a reforma psiquiátrica e os remédios psiquiátricos: sem eles, a reforma psiquiátrica não teria acontecido, porque alguns psicóticos têm (diferentemente da Maria) um comportamento muito agitado, muito mais agressivo e violento, o que dificulta muita a convivência social, inclusive com a própria família. Mas também sem a força do psicólogo a reforma psiquiátrica brasileira não teria acontecido. Os psiquiatras, por sua vez, não participam da reforma; no começo nem ajudaram nem resistiram, simplesmente ignoraram, acharam que aquilo era conversa de psicólogo e de militantes sociais, e quando se deram conta, os manicômios estavam sendo fechados e leis contra internação compulsória sendo promulgadas. A reforma psiquiátrica brasileira foi feita à revelia dos psiquiatras. Sinto-me à vontade para falar isso; afinal, como já dito, sou psiquiatra e psicólogo, trabalho dos dois jeitos, convivo com os dois grupos, não estou fazendo defesa de mercado ou discurso corporativista, mas uma análise.

Um dos pontos fortes do modelo atual é colocar o psicótico no contexto social. A ressocialização é o desafio atual da psiquiatria. Já resolvemos minimamente os delírios e alucinações, já conseguimos manter o psicótico fora dos hospitais, a tarefa agora é ajudá-lo a melhorar sua vida social (coisa que os remédios não fazem: eles diminuem os sintomas produtivos, a agitação, os delírios, as alucinações, mas não ensinam a conviver com o estresse das relações sociais). Até hoje não temos remédios nem técnicas psicoterápicas que consigam fazer o esquizofrênico voltar ao convívio social sozinho; eles precisam sempre de alguma espécie de ajuda, de orientação, de tutela mesmo. Nesse sentido, o modelo atual de tratamento dos esquizofrênicos inclui, além do hospital-dia, as residências abrigadas. Quando os pacientes estão mais estabilizados passam a morar em uma casa com outros pacientes sob a supervisão de psiquiatras, psicólogos e assistentes sociais. Depois disso, o próximo passo a seguir são as oficinas abrigadas, onde os pacientes vão aprender atividades que possam inseri-los no mercado de trabalho, como trabalhos artesanais. Todos esses projetos visam aumentar a autonomia do psicótico, sempre o abrigando e o protegendo.

Uma das características do mundo pós-moderno é o de buscar a inclusão das minorias, dos deficientes, dos diferentes. Temos cada vez mais oportunidades sociais para o deficiente físico, temos acessibilidade, temos jogos paraolímpicos. Usando esse exemplo, cabe uma reflexão: o corredor deficiente visual pode fazer a prova dos 100 metros, mas tem alguém o guiando. No basquete em cadeira de rodas, quando o cadeirante cai, tem alguém que o levanta. Penso que deveria ser do mesmo jeito com o psicótico. É muito difícil conseguir se ressocializar sozinho, pois, como comentei antes, esse mundo é para neuróticos, não para psicóticos, que ainda sentem grande angústia: continuam sentindo um estranhamento, além de muita dificuldade para participarem da nossa vida social "normal". Eles não vão bem na competição da vida cotidiana e profissional, não sabem lidar com as nuances da comunicação não verbal, são muito rígidos. Precisam aprender coisas como dizer não a um vendedor de loja (alguns chegam a ter medo de ir comprar pão na padaria porque vão ficar nervosos na hora de conferir o troco não apenas por timidez, mas pela absoluta incapacidade resultante do nervosismo).

O trabalho mais produtivo no quesito da ressocialização é o do Acompanhante Terapêutico, conhecidos como AT: são psicólogos sem consultório, que trabalham com o paciente nas ruas, em situações reais, indo com ele ao cinema, a restaurantes, festas, livrarias, barzinhos para fazer amigos e paquerar, a cursos, e onde mais for preciso (como indica o sugestivo nome de um grupo de AT de São Paulo: Andar a Vida). Ou seja: em vez de fazer psicoterapia de consultório buscando insights psicológicos, vai com o paciente para a vida concreta literalmente treinando as habilidades necessárias para a vida social e profissional.

E ainda tem a questão da família. Trabalhar apenas com o esquizofrênico sozinho, sem envolver sua família, é um erro técnico e ético, porque o impacto dessa patologia na família e vice-versa é algo muito significativo (não apenas economicamente, mas em dimensões afetiva, psíquica e social). E quem faz esse trabalho no modelo atual é o AT, que antes de sair com um paciente para rua passa um tempo trabalhando em atendimento domiciliar. Desenvolvido originalmente pelos norte-americanos com todo seu senso prático foi assimilado pelos terapeutas brasileiros formados na tradição psicanalítica, que souberam ir além da teoria para ajudar concretamente seus pacientes. Com os remédios psiquiátricos e com a reforma psiquiátrica constitui o movimento que está mudando para melhor a vida do louco na pós-modernidade.

Portanto, hoje nós vivemos um momento interessante no tratamento da esquizofrenia; temos um bom modelo, remédios psiquiátricos, tratamento ambulatorial fora dos hospitais e a ressocialização, mas permanece o problema do aceso a tudo isso. Não é algo barato. Sabe qual a doença que só dá em pobre? Pobreza. A classe média e a alta têm dinheiro para pagar o convênio ou um tratamento particular, mas a maioria da população depende do Estado e dos equipamentos públicos para o tratamento dos psicóticos, claramente em número insuficiente para a demanda atual. A reforma psiquiátrica brasileira é um sucesso em andamento; ainda temos equívocos a serem solucionados, como a ausência de leitos psiquiátricos para internar os pacientes em crises agudas e ambulatórios de saúde mental para dar suporte aos pacientes em fase de desestabilização (dois equipamentos que quase não existem no modelo atual); é preciso também de mais vagas em CAPS, um número maior de residências abrigadas (insisto que não há, historicamente, nenhum modelo tão bom quanto esse). Penso também que esse modelo e a reforma psiquiátrica que o criou não têm noção do quanto são devedores da revolução farmacológica. Simplesmente não seria possível fazer tudo o que se faz hoje com os psicóticos sem os remédios antipsicóticos. Ao mesmo tempo, somente a medicação de nada adiantaria, porque há 70 anos, quando surgiram os remédios, eles foram usados inicialmente para aprisionar quimicamente os pacientes. Foram necessárias duas forças agregadas: a psicofarmacologia, para diminuir um pouco a intensidade dos delírios e as alucinações, e essa consciência social que veio da psicologia e dos trabalhadores da saúde mental para criar esse momento da reforma psiquiátrica, que é parcial, digamos assim, porque fizemos a desconstrução dos manicômios mas falta, agora, a construção desses outros espaços, porque deixar sozinho o psicótico é abandono. Essa é a realidade atual.

12. O deprimido-
-ansioso

Certa vez encontrei uma paciente com seu filho pré-
-adolescente em uma livraria. Há muito tempo ela
tentava, em vão, convencer o garoto a fazer uma
consulta comigo. O menino resistia, dizia que não era louco, que não iria em médico de louco. A mãe aproveitou o encontro casual e me pediu, "explica para ele que você não é médico de louco". Olhei para o garoto que não estava nem aí com a conversa, e respondi: " não posso dizer isso, não posso mentir pro menino, afinal eu sou médico de louco, eu trato de pacientes psicóticos... só que eu também atendo gente triste, agoniada, com medo, ansiosa, deprimida, apressada, desanimada e com vários outros problemas." O que eu pretendia explicar para o garoto era que, além do louco (o paciente número um), os psiquiatras também cuidam do paciente número dois (o deprimido-
-ansioso), e ultimamente do paciente número três (o paciente contemporâneo).

Deprimido-ansioso é um termo genérico usado para designar o conjunto de pacientes psiquiátricos não-
-psicóticos. Esse conjunto tão vasto quanto heterogêneo

reúne todos os tipos de depressão: as leves, as moderadas e as graves, além de transtorno afetivo bipolar, todos os transtornos de ansiedade (como as fobias), as crises de pânico, os quadros de estresse pós-traumático, a hipocondria, o transtorno obsessivo compulsivo (mais conhecido como TOC), e toda a ampla gama de problemas popularmente conhecidos como neuróticos, além dos transtornos advindos do uso de substâncias, que são tratados em nível ambulatorial e de consultório por oposição aos psicóticos, que eram tratados nos hospitais psiquiátricos até o advento da reforma psiquiátrica. Antigamente usava-se os termos "psiquiatria pesada" para se referir à psiquiatria praticada nos manicômios, e "psiquiatria leve" para se referir ao que era feito em consultório. Tais termos caíram em desuso principalmente porque os transtornos dos pacientes não psicóticos não são nada leves, apresentam inclusive alto índice de suicídio além de sofrimento psíquico muito intenso e sintomas psicopatológicos numerosos, graves e incapacitantes social e economicamente falando.

Quando aquele paciente chegava para a consulta eu lhe perguntava "como vai?", e ele respondia sempre do mesmo jeito "na correria, levando a vida", até que um dia chegou meio acabrunhado e demorando um pouco mais do que o habitual para responder, disse: "as correrias estão devagar, doutor". Essa foi a melhor definição de depressão que já escutei até hoje. A depressão é uma lentificação da vida psíquica; a ansiedade, ao contrário, é uma aceleração da vida psíquica, tudo muito rápido, tão rápido, que logo chega ao futuro mesmo que ele ainda esteja longe. É assim: o ansioso vive sempre no futuro e o deprimido vive sempre no passado. Ambos sofrem de excesso: um de futuro e outro de passado. Além disso tanto para um como para o outro falta habilidade de viver no aqui e agora do presente.

Será que o deprimido-ansioso também sofre preconceito na cena contemporânea? Se antes perguntei se haveria apoio de sua parte para um filho ou filha casar-se com alguém psicótico, agora a dúvida é com relação ao deprimido-ansioso: você se casaria com alguém deprimido ou com alguém que tomasse remédio psiquiátrico? Se houver paixão, sim: o simples fato da existência de um transtorno psiquiátrico do tipo ansioso ou depressivo não costuma inviabilizar uma relação amorosa estável e duradoura. É que o deprimido-ansioso está mais inserido em nossa sociedade do que o psicótico; ele trabalha, é produtivo, e fora das crises geralmente é normal como qualquer pessoa. Esse paciente não sofre de um preconceito tão explícito. Se o psicótico é excluído, com o deprimido-ansioso a questão não é de exclusão, mas de *desconfiança*: ele pode trabalhar? O que você acharia, por exemplo, de um policial que fizesse uso de remédio psiquiátrico? O que você acha da ideia de viajar em um avião cujo piloto toma regularmente medicamentos para dormir e para acordar? E de um médico que tivesse sido diagnosticado como bipolar, o que lhe parece? Será que a depressão existe mesmo ou é covardia existencial? Será que a pessoa está mesmo deprimida ou está só enrolando? Síndrome do pânico existe mesmo ou é frescura? Diante do deprimido-ansioso, em vez de um preconceito claro como existe com o louco, temos essa nuance, essa coisa desconfiada, uma espécie de apoio-desapoio.

Vejamos essa questão no contexto laboral. A Fulana é uma pessoa deprimida, que sente muita tristeza, chora sem motivo, não tem ânimo para nada, nem mesmo para tomar banho, e é afastada do trabalho pelo psiquiatra. A primeira reação dos colegas e do empregador vai ser de apoio: "sim, vá se cuidar, a sua saúde em primeiro lugar". Fulana acredita mesmo nisso e fica em casa durante um mês fazendo o tratamento. Ela melhora, está tudo bem, volta à rotina e a vida segue.

Um ano depois, surge uma vaga para gerente:
– Vamos pôr a Fulana? – Sim, ela é muito competente.
Mas alguém lembra...
– É, mas no ano passado ela trouxe aquele atestado do psiquiatra. Será mesmo que ela consegue ser gerente?

No deprimido-ansioso existe o campo do "será" que, no caso da loucura, já não existe: a exclusão é certa e imediata. É muito arriscado para a carreira profissional do deprimido-ansioso apresentar atestados de psiquiatra. O afastamento do trabalho por motivos psiquiátricos é coisa complicada.

Há mesmo um estigma em relação à psiquiatria. Vou contar duas histórias, uma dos EUA e outra nossa. Os pediatras americanos têm dificuldade de encaminhar crianças para os psiquiatras porque os pais ficam horrorizados e querem, processar o médico por assédio moral por sugerir que o filho é louco. Então, os pediatras encontraram a seguinte solução: encaminham seus pequenos pacientes a um neurologista, e deixa que este "se vire" com a tarefa de reencaminhá-los para um "médico de louco", o psiquiatra. Um país altamente desenvolvido ainda tem isso. Por aqui também temos certa dificuldade de encaminhamento aos psiquiatras. É muito mais fácil dizer, para um paciente, que ele precisa de uma avaliação neurológica do que sugerir que procure um psiquiatra. Quando esse é o caso, há muita resistência e protelação. Não é por medo de doença grave, mas pelo quê de fracasso moral em ser diagnosticado com uma doença mental, em precisar de ajuda para algo psíquico. Imagine que alguém sugira que você leve seu filho ao neurologista. Haveria preocupação de sua parte, mas provavelmente aceitaria o encaminhamento. Agora, se a professora da escola disser que acha bom você fazer uma avaliação psiquiátrica do seu filho, aí não? "O que ele está pensando, meu filho não é louco". Quando as mães se convencem da necessidade de levar o filho ao psiquiatra acaba acontecendo o seguinte na primeira consulta: o médico pergunta:

– O que está acontecendo, por que você está vindo aqui?
– Ah, minha mãe me disse que iria me trazer ao médico.
– Ela falou que médico eu sou?

Aí intervém a mãe, que está ao lado do filho:

– Não, doutor, se eu falasse que você é psiquiatra ele não teria vindo.

Esse preconceito também existe em relação aos psicólogos e psicanalistas, mas é menor e diferente, inclusive podendo mesmo a ser uma idealização. Quem faz análise costuma ter orgulho disso, se valoriza ao dizer "meu analista"; já quem vai ao psiquiatra costuma ter vergonha e evita dizer "meu psiquiatra".

Orgulho da análise e vergonha do remédio: é assim a pós-modernidade. Se você, por exemplo, encontrasse seu analista na livraria talvez você não o cumprimentasse, não por vergonha, mas sim achando que isso seria indevido tecnicamente já que ele é um lacaniano. Agora se você estivesse acompanhado de seu namorado ou namorada e encontrasse seu psiquiatra na livraria, o que faria? Vai falar com ele ou vira o rosto à procura de outro livro. E o psiquiatra, faz o quê? Cumprimenta? Seria melhor não. Eu, por exemplo, ficaria na dúvida sobre se o namorado ou namorada sabe ou não que seu par frequenta o psiquiatra. Ao mesmo tempo que o paciente da psicanálise foi glamourizado no cinema, na literatura e no nosso imaginário como alguém que está em busca de seu eu profundo, o paciente psiquiátrico (tanto o psicótico quanto o deprimido-ansioso) é visto como doente.

Diante de um louco, de modo geral, sentimos duas coisas: medo e estranhamento. Não empatizamos nem um pouco com a loucura; os sintomas são muito diferentes do que vivemos em nosso dia a dia; são incompreensíveis. Já com a depressão e a ansiedade temos muita empatia, todos sabemos como elas são, pois todos sentimos algo. A diferença entre a pessoa normal e o paciente que tem um transtorno depressivo-ansioso é da ordem da intensidade; já com o psicótico a diferença é qualitativa: se alguém está triste, angustiado, eu sei o que é (posso não saber a intensidade exata), agora ficar achando que eu sou Jesus, que sou Napoleão, que tem uma energia que me corrói por dentro, que meu coração não funciona, que eu não tenho um pâncreas, que eu escuto uma voz que ninguém escuta, isso não sei o que é. Então, se o louco desperta exclusão, o deprimido-ansioso não desperta medo, mas desconfiança.

Por mais esclarecida e inclusiva que seja nossa sociedade pós-moderna, ela ainda exibe um arraigado preconceito em relação ao mundo *psi*, aos pacientes psiquiátricos, aos psiquiatras e aos remédios psiquiátricos. Essa questão assumiu caráter de problema púbico a ponto de a Associação Brasileira de Psiquiatria propor um movimento para lutar contra esse preconceito denominado psicofobia. No próprio interior da comunidade *psi* há um forte discurso contra os remédios psiquiátricos (em especial por parte da psicanálise), chegando quase a uma espécie da lei seca dos remédios. Penso que não é uma boa ideia ser contra as medicações; é mais realista ser contrário ao mau uso ou abuso. É aí que entra o papel dos profissionais *psi*, decidir, em cada caso, individualmente, a pertinência ou não do uso dos remédios psiquiátricos por parte de seus pacientes.

Qual a razão do estigma? Provavelmente devem existir várias, mas aqui queremos destacar a falta de materialidade da doença mental, o que não deixa de ser um paradoxo em um mundo tão virtual quanto o nosso. Ela não tem visibilidade: nós não temos raio X para angústia, nem termômetro para depressão, e nem ressonância para psicose. Qualquer coisa parecida com isso é ainda de uso na pesquisa e não tem valor clínico, ou seja, não dá para usar no dia a dia, ainda não faz a distinção entre quem é ou não doente. Se, por exemplo, um paciente está com pneumonia e um clínico resolve afastá-lo por 15 dias do trabalho, ele faz o atestado e em anexo o raio X: lá está uma imagem, uma prova da doença, para todo mundo ver e acreditar. Se um psiquiatra afasta um paciente por depressão manda um atestado e o quê junto? A sua palavra apenas, e todos sabemos como é fácil desconfiar das palavras. Enquanto a medicina vive a idade de ouro da imagem, a ponto de falarmos de uma "clínica da imagem" a saúde mental, por sua vez, permanece na "clínica da escuta".

Hoje quando você vai ao médico, ele o deixa falar apenas por cortesia, por educação, pois suas palavras, queixas, descrição de onde dói e quando dói informam muito pouco sobre a doença quando comparadas a um raio X, uma endoscopia ou uma tomografia. A tecnologia médica está ficando tão boa, especialmente a medicina por imagem e a genética, que nós estamos saindo da medicina que comprova a queixa do paciente para uma medicina que diz para ele qual será sua queixa amanhã. Mas todo esse avanço acontece apenas no campo biológico: não temos nada disso na psiquiatria, na qual, como dito, reina a palavra, seja do paciente, seja do psiquiatra, e ambas ouvidas com desconfiança. E tal situação não é só no mundo profissional.

Na situação familiar, muitos pacientes que tomam remédio não contam para o marido ou para a esposa, porque (de novo) é o apoio desapoiado. No início do tratamento, nas primeiras crises de pânico ou de depressão, o marido solícito diz "sim meu amor, em primeiro lugar sua saúde, se precisa tomar remédios, paciência". Dali a alguns meses, no meio de uma briga a frase é outra, "sua louca, já tomou seu remedinho hoje?". E aqui no casal ainda temos a questão dos efeitos colaterais sexuais dos antidepressivos, que são basicamente dois: a diminuição da libido e o retardo orgásmico.

É um paradoxo. O homem, por exemplo, está deprimido, não toma banho, não sai de casa, não procura a mulher, não quer transar, não quer ler nada, não quer ir ao restaurante, daí começa a tomar o remédio. Depois de um tempo está bem, legal, já se arruma, vai tomar banho, está interessado, volta a ler os livros, quer ir ao restaurante, viajar, mas não procura a mulher, não quer transar. Como assim? Melhora a depressão, melhora a vida, mas inibe o sexo? Para muitos, sim. O que passa na cabeça da esposa? "Ele tem outra". Mas o que passa na cabeça *dele*, que sabe que não tem outra? Rola um medo de não ser mais o mesmo sexualmente, o que é bem complicado (ainda mais nos homens, que têm duas fobias básicas que são específicas do gênero: a "broxofobia" e a "cornofobia" que ainda são muito fortes, mesmo na pós-modernidade). Dentro da maioria dos "homens legais" da pós-modernidade ainda mora um machista muito antigo que aparece quando provocado, especialmente em assuntos de sexo e fidelidade. Ele vai pensar assim: "não gosto mais dessa mulher, será?"; ou: "o sexo já não é mais tudo isso para mim". E com a diminuição da libido vem o retardo orgásmico. Se uma pessoa chega ao orgasmo em quinze minutos normalmente, tomando os antidepressivos demora vinte, trinta, quarenta, ou não chega. Não é um efeito psíquico, mas urológico. É na pelve que a coisa acontece. É uma inibição da inervação pélvica, algo parecido com o que acontece com os homens que operam a próstata: há um comprometimento da velocidade com que os estímulos circulam naquela região. Aliás, quando alguém sofre com a ejaculação precoce e vai ao urologista sai com uma receita do quê? De antidepressivo. Em dose baixa.

Veja o paradoxo: o mesmo remédio que serve para sair da depressão diminui o prazer sexual. E isso ocorre tantos nos homens como nas mulheres. A diferença é que ela pode "fazer de conta" que teve um orgasmo e seu parceiro acredita. É muito fácil convencer um homem de que ele é o "the best" na cama. Por quê?, Porque ele quer acreditar nisso. Ele já acha que é. Quando um homem pergunta para uma mulher "foi bom pra você?" ele não está perguntando de verdade, é retórico, apenas para confirmar. Agora, como é que um homem convence uma mulher que ele ejaculou ou que ele tem ereção? As mulheres não são tão ingênuas. Não mesmo. E isso cria uma certa diferença de gênero em como lidar com o efeito colateral da ordem sexual. Adicione a isso que tomar esses remédios pode engordar.

A atração do ser humano pelas substâncias químicas é íntima, e muito antiga. Para começar, somos mamíferos, e provavelmente os primeiros hominídeos já mascavam alguma folha em busca de um sumo que aliviasse o medo ou deixasse mais alerta nas perigosas noites pré-históricas. A medicina, em sua longa jornada, testou quase tudo em busca de substâncias químicas que aliviassem a angústia e a melancolia, ou que trouxessem mais ânimo e energia. Mas tudo que encontrou funcionava pouco, ou era muito tóxico ou com alto poder viciante. Na antiga China já se usava o ópio; tempos depois o britânico Thomas Sydenham misturou álcool e ópio criando o láudano (do latim *laudare*, louvar) usado para curar a angústia e melancolia, e quase tudo o mais no campo das emoções. Como base de comparação, pode-se dizer que essa substância era o Rivotril do passado.

A primeira substância a merecer o nome de antidepressivo, a iproniazida, foi descoberta por acaso, novamente, no início dos anos 1950. Inicialmente testada para o tratamento da tuberculose, mostrou-se para isso um fracasso. Mas os médicos notaram um efeito euforizante e de aumento de energia nos pacientes. Há uma foto clássica de 1958 do hospital Seaview,[5] onde os pacientes tuberculosos, tratados com a iproniazida, aparecem dançando alegremente apesar de ainda sofrerem da patologia pulmonar. O Dr. Nathan Lein, psiquiatra-chefe do departamento de pesquisa, passou a prescrever a iproniazdia para seus pacientes deprimidos em seu consultório e o sucesso foi animador. Em 1953, a notícia de que havia uma substância capaz de tratar a melancolia foi de fato uma grande novidade e logo foi lançada no mercado com o nome comercial de Marsilid. Infelizmente, logo ficou claro seus efeitos colaterais: era muito tóxica, podendo inclusive ser fatal por seu efeito hipertensivo; por isso foi retirada do mercado.

Mas na mesma época surgiu outro candidato a antidepressivo e esse sim fez longa carreira de sucesso, que segue até hoje. Em 1950, a indústria farmacêutica suíça Ciba-Geigy resolveu testar vários derivados da Clorpromazina, o primeiro antipsicótico (já tratamos dele anteriormente) e pediu a clínicos que testassem essas substâncias. O psiquiatra suíço Roland Kuhn experimentou a variante G22355 em pacientes com diferentes quadros psiquiátricos. Não se tinha ideia para que a substância serviria, mas se supunha que deveria funcionar em algum quadro mental. Estavam de fato pesquisando uma doença para um remédio (e não o contrário, como seria comum pensar). Kuhn descobriu que

---

5 *Antidepressivo de chiripa*. Disponível em: <http://www.psiquifotos.com/2017/04/338-antidepresivo-de-chiripa.html>

a substância funcionava muito bem com pacientes deprimidos. Foi batizada com o nome de imipramina e lançada com o nome comercial de Tofranil. Assim nasceu o primeiro antidepressivo de sucesso clínico e comercial da história da psiquiatria.

Depois dele vieram outros de estrutura química semelhante, como a clomipramina (Anafranil), amitriptilina (Tryptanol) e a nortriptilina (Pemelor), que compõem a classe dos antidepressivos tricíclicos,[6] conhecidos como os de primeira geração e, do ponto de vista de eficácia terapêutica, são ainda imbatíveis. Isso significa que as depressões mais graves são tratadas com esses primeiros antidepressivos e não com os mais modernos (que tem menos efeitos colaterais), mas não são mais eficazes que os tricíclicos. Essa é provavelmente uma das raras exceções no mundo pós-moderno no qual normalmente as tecnologias mais modernas são sempre mais eficazes que as antigas (como acontece com carros, aviões, celulares e computadores). Com os antidepressivos acontece o inverso: os mais antigos são os mais eficientes. Isso às vezes é difícil de explicar para os pacientes, tão ávidos em busca de remédios de última geração. Hoje os psiquiatras costumam iniciar o tratamento de depressão e ansiedade com os antidepressivos da classe dos inssr, que têm menos efeitos colaterais, e se isso não funciona, recorrem aos velhos tricíclicos.

---

6   Esse nome deve-se ao fato de a estrutura química dessas substâncias apresentarem três anéis de carbono. Não se refere, portanto, a bicicletas ou qualquer coisa do gênero.

A descoberta de uma substância química efetiva para o tratamento da depressão fez com que ela se tornasse um problema médico passível de tratamento semelhante a outras doenças como diabetes e a hipertensão, e impulsionou e reforçou a concepção de que os transtornos afetivos, a depressão e a ansiedade devem-se a alterações biológicas e não psicológicas. A partir daí, assistimos a um espetacular crescimento do número de estudos científicos e de propagandas da indústria farmacêutica enfatizando a dimensão biológica da questão.

Quando Roland Kuhn veio ao Brasil na década de 1970 para falar da descoberta da imipramina, ministrou uma palestra no Congresso Brasileiro de Psiquiatria na qual explicava que, na época em que testou a imipramina, ele a concebia explicitamente como um facilitador do processo psicoterapêutico: "devo assinalar que a descoberta do efeito antidepressivo da imipramina em suas origens esteve intimamente associada ao seu emprego em psicoterapia".[7] Novamente pílulas e palavras próximas no surgimento da psicofarmacologia moderna. Mas qual o significado de tal proximidade? No caso da imipramina, quase nada: apenas uma circunstância histórica. Não há nenhuma relação intrínseca entre a psicoterapia e o antidepressivo. A pílula funciona sem a palavra e o contrário é verdadeiro. A ideia de conectá-las foi apenas algo que surgiu da cabeça de Kuhn, que era um psiquiatra de orientação fenomenológica, mas duvido que fosse a ideia do pessoal do laboratório

---

7   Anais do II Congresso Brasileiro de Psiquiatria realizado em Belo Horizonte em 1972.

Ciba-Geigy. O fato de a palestra de Kuhn no congresso ter em seu título a palavra "psicoterapia" (embora ele tenha sido convidado por descobrir a imipramina), aponta apenas para as preferências dele e não e não para as linhas de força que levaram à descoberta do primeiro antidepressivo efetivo. Como naquela época não havia nenhuma medicação para depressão, todos os psiquiatras se viravam com o que tinham (a palavra e a psicoterapia). Assim, teria de ser uma pessoa ligada a essas coisas que iria com conduzir os testes clínicos da nova substância.

Da mesma maneira que Kuhn tentou criar uma articulação entre a farmacologia e a psicoterapia, alguns psiquiatras adeptos da psicofarmacologia buscam justificar-se argumentando que se Freud fosse vivo provavelmente seria a favor dos remédios psiquiátricos. Para fundamentar essa ideia citam-no:

"O futuro nos ensinara a agir diretamente sobre a quantidade de energia e sua distribuição no aparelho psíquico graças a substâncias químicas especiais. Talvez ainda surjam outras possibilidades de terapia até então insuspeitas".[8]

Valer-se de Freud para justificar o uso de antidepressivos é um anacronismo. Pode ser, porém, perdoável em Kuhn, que estava inaugurando a era da psicofarmacologia ao mesmo tempo que queria manter seu lugar de psicoterapeuta, mas no momento atual demonstra apenas a ausência de uma fundamentação teórica e moral da psiquiatria para a clínica baseada na psicofarmacologia. Essa

---

8   Freud, Sigmund. "Inibição, sintoma e angústia". *Obras completas* V. XVII. Rio de Janeiro: Imago.

necessidade de recorrer à autoridade freudiana, no caso externo ao campo da psiquiatria, é compreensível se pensarmos que só temos 60 anos de uso dos antidepressivos e ainda não houve tempo para amadurecermos essa fundamentação moral e cultural para sua utilização.

Encontrar apoio em Freud para a defesa de alguma tese no campo do psiquismo é relativamente fácil: ele escreveu tanto (somente suas obras psicológicas reúnem 24 volumes, além de uma vasta coleção de cartas trocadas com colegas, discípulos, e ainda muitos artigos científicos não psicanalíticos) e nesse vastíssimo material facilmente encontramos teorias diferentes sobre o mesmo fenômeno, muitas delas opostas umas às outras. Assim, é possível garimpar uma frase para servir de justificativa para qualquer argumento. Entretanto, fazer isso sem levar em conta se é apenas uma ideia "solta" ou se representa de fato uma verdadeira linha de pensamento freudiano é erro de pesquisa grosseiro. Além do mais, esse autor viveu e trabalhou em outra época. Não teve de lidar com o mundo pós-moderno e nem desfrutou de suas maravilhas. Melhor seria encontrarmos outra fonte de autoridade para o uso dos remédios psiquiátricos e deixar Freud em paz.

Embora não se tenha certeza do exato mecanismo de ação dos antidepressivos tricíclicos, sabe-se que eles modulam a disponibilidade de neurotransmissores (como a serotonina e a adrenalina), além de afetar o sistema colinérgico e histaminérgico, o que produz muitos efeitos colaterais, tais como ganho de peso, sonolência, constipação, boca seca, tremores, sudorese, visão dupla, retenção urinária, retardo orgásmico, diminuição da libido, dislipidemia e risco de toxicidade cardíaca, dentre outros. São remédios com baixa tolerabilidade. É preciso estar muito mal para valer a pena usá-los. Essas dificuldades impulsionaram a indústria farmacêutica a novas pesquisas em busca de antidepressivos mais toleráveis como os da geração do Prozac (que discutiremos mais adiante). Essa questão da tolerabilidade tem tudo a ver com o tema aqui tratado: o uso e abuso dos antidepressivos por pessoas que não têm transtorno mental. Enquanto os remédios disponíveis eram tão complicados em termos de efeitos colaterais, ninguém pensava em usar tofranil, por exemplo, para lidar com as angústias cotidianas e normais, mas quando se tem à disposição remédios mais toleráveis, aí passamos a pensar na possibilidade de tomá-lo para "ajudar a levar a vida". O que surgiu na pós-modernidade não foi o desejo pela pílula da felicidade (isto é muito, muito antigo), mas antidepressivos da segunda geração que fossem mais palatáveis (muito mais que os primeiros).

Nos primórdios do uso dos antidepressivos pensava-se que eles não seriam capazes de, normalmente, influenciar de forma acentuada um organismo normal; eles apenas corrigiam condições anômalas, atuavam apenas se a pessoa tinha uma doença. Porém, a partir de seu uso massificado em meados dos anos 1980 foi-se percebendo que embora eles não produzissem efeitos euforizantes ou estimulantes em indivíduos normais (como fazem as anfetaminas) eles modulavam a vida afetiva, aumentando em muito a capacidade de lidar com stress, diminuindo de forma espetacular a ansiedade e a angústia. Foi justamente a combinação desse efeito com a boa tolerância que criaram as condições para que eles passassem a poder ser usados por quem não tem transtorno mental. Foram esses efeitos que criaram o paciente contemporâneo da psiquiatria.

13. O novo paciente

> *"Quem é este que se vale de remédios*
> *sem ter um transtorno mental?*
> *É o Hamlet pós-moderno meu senhor!"*
> Amrit *Prabath*

Usar remédios psiquiátricos para aquelas ansiedades e tristezas cotidianas, situadas na fronteira entre o transtorno mental e a angústia existencial normal seria uma covardia existencial ou apenas um jeito pós-moderno de levar a vida? Esse é o dilema do paciente contemporâneo, o paciente número três, que não tem um diagnóstico psiquiátrico, que não é socialmente reconhecido como paciente, que pessoalmente também não se reconhece como um paciente psiquiátrico, que não é louco, que não está deprimido nem ansioso sintomatologicamente falando, que não preenche os critérios para nenhum dos diagnósticos listados no CID e no DSM, mas que vai ao psiquiatra. Mas, mesmo assim, vai ao psiquiatra. Mas por quê? Embora ele não seja psicótico nem deprimido-ansioso, esse "novo-paciente" encontra-se às voltas com sofrimentos psíquicos que considera excessivos: sente-se muito ansioso, desanimado, irritado, agitado, preocupado demais, nunca dorme bem, nunca consegue relaxar mesmo quando pode, não consegue concentração, sente uma angústia estranha, nervosismo e muito mais. E tudo isso porque está passando por uma crise amorosa, familiar, financeira ou existencial ou porque sua vida é mesmo uma correria. Pode ser, às vezes, por um vazio: de repente está se separando da esposa, fica muito agoniado e se sente culpado por um caso extraconjugal, não para de pensar obsessivamente na ex que foi embora, porque descobriu que já foi traído. Não aguenta a solidão, sente-se rejeitado por todo mundo. Pode ser o medo de não aguentar cuidar dos pais que estão envelhecendo, teme muito a morte deles, mas também não aguenta a carga de trabalho que eles lhe dão e se sente culpado por isso. Pode ser também porque a mãe morreu há alguns meses e não encontra mais o prazer de antes nas coisas que faz. Pode ser porque não consegue cumprir as metas de desempenho da empresa, ou não ganha o suficiente para manter seu papel de provedor... Muitos são os motivos. A lista é extensa. Encontramos uma certa dificuldade para definir esse paciente número três. Para começar, não achamos ainda um nome adequado para ele e na falta de termo mais substantivo acabamos recorrendo à fórmula adjetiva ao simplesmente denominá-lo "paciente contemporâneo", o que ressalta o fato de ele ser um personagem recente na cena psiquiátrica. Na verdade, de 1987 para cá. O que caracteriza essencialmente esse novo paciente é sua atitude de buscar nos remédios psiquiátricos suporte para o enfrentamento das ansiedades e das tristezas cotidianas, que segundo os padrões morais da nossa cultura deveria ser feito de "cara limpa ", sem aditivos químicos, usando recursos de natureza psíquica e social. Ele passa a ser paciente da psiquiatria exatamente porque vai ao consultório desse especialista e passa a tomar remédios, e não porque tenha um quadro psicopatológico determinado. Alguém se torna paciente apenas quando ocupa uma posição na qual supõe no outro um saber e uma potência capazes de cuidar de seu sofrimento. Quem se coloca assim, na posição de paciente, se debatendo com as angústias de nosso tempo, delegando aos clínicos as responsabilidades pela cura de seu sofrimento, está perigosamente desresponsabilizando-se por sua vida ou está apenas se valendo dos recursos de seu tempo para viver a vida da melhor forma que pode?

Eis o nosso dilema pós-moderno.

Dentre os remédios psiquiátricos, o antidepressivo funciona como uma condição de possibilidade para a existência do novo paciente. São substâncias químicas que tratam os sintomas da depressão, mas não fazem apenas isso: também diminuem a ansiedade, a agressividade e a impulsividade e desaceleram o psiquismo levando a uma certa calma, deixando a pessoa mais *zen*, menos acelerada (efeito esse muito apreciado em nossa pós-modernidade tão veloz).

Há um efeito dos antidepressivos que considero quase um escândalo, filosoficamente falando: ele aumenta a tolerância à rejeição social, amorosa e existencial, diminuindo significativamente o desespero diante dos reveses da vida diária. "Fui demitido? Paciência, vamos em frente". "Você não gosta mais de mim? Quer se separar? Bem, então vá". Não que a pessoa não sofra mais, só não fica em desespero. Podemos dizer, por exemplo, que os antidepressivos ajudam a pessoa que os toma a tolerar o sofrimento amoroso. E essa é uma ajuda muito bem-vinda, porque apesar de todas as mudanças da pós-modernidade, apesar de todo o liberalismo sexual e afetivo, ainda continuamos a sofrer por amor.

Se esses remédios fazem tudo isso, por que que são chamados de antidepressivos e não ansiolíticos? Porque é a indústria que os batiza, pensando no marketing; além disso, na época em que foram inventados, os ansiolíticos eram malvistos por causarem dependência. Outro motivo é que uma mesma substância química faz várias coisas. A água, por exemplo, é antissede ou antissujeira? As duas coisas. Mas depende de como eu desejo usá-la.

Até bem pouco tempo pessoas com sofrimento psíquico ligado a problemas existenciais cotidianos não costumavam procurar psiquiatras. Primeiro eles tentavam estoicamente "se virar" por conta própria suportando as dores da vida, ou ao menos recorriam aos amigos. Porém, a pós-modernidade está fazendo alguma coisa estranha com as amizades que não são mais como antes. Quando sua amiga tinha problemas com o namorado ela te chamava para um café e vocês conversavam longamente, ela contava como o cara estava sendo, por exemplo, abusivo, sumia, não ligava, depois aparecia sem dar explicações e tudo o mais. Quando ela chegava à conclusão que era melhor terminar, você apoiava. "Isso mesmo, ele não gosta de você, vai ser duro no começo, mas depois você supera". Dali uma semana a amiga ligava de novo: "vamos tomar outro cafezinho? Então, deixa eu te contar, voltei com ele, acho que ele merece uma chance, resolvi perdoar". Quinze dias depois e ela te liga outra vez, "vamos tomar outro cafezinho, tô mal, preciso conversar, agora descobri que ele está me traindo com minha prima". Você, como boa pessoa amiga, escutaria novamente toda a história, concordaria quando ela dissesse que agora está consciente de que seria de fato uma relação tóxica e que iria mesmo se separar. Porém, mais quinze dias se passariam e lá viria ela de novo: "amiga, vamos tomar outro café?". Na metade dessa conversa, já desgastante e que não leva aparentemente a lugar algum, solta-se a sugestão: "olha, amiga, não é por nada não, mas eu acho que você precisa de... terapia!". Amizade não é mais como antigamente. Aguentava-se mais tempo as conversas choramingonas (como a relatada acima), mas hoje, nos tempos pós-modernos, lá pelo quarto cafezinho conclui-se: o ideal é buscar a psicoterapia, ajuda profissional. Esse caso demonstra a baixa tolerância à angústia (nossa e dos outros), resultado da cultura da felicidade que praticamente nos obriga a estar sempre felizes e patologiza ou demoniza qualquer coisa contrária.

Essa categoria de paciente é nova apenas para a psiquiatria, porque para a psicanálise, é uma velha conhecida. E enquanto a pessoa que faz análise é valorizada como a que está em busca do seu *eu* profundo e verdadeiro, pacientes que buscam remédio são psicologicamente desmoralizados como covardes existenciais, fugitivos da vida. Do ponto de vista social, enquanto o psicótico sofre com a exclusão, o deprimido-ansioso com a desconfiança, o novo paciente sofre mesmo uma acusação.

Dentre as pessoas que não estão doentes, mas buscam nos remédios psiquiátricos um auxílio, dois grupos se destacam: os que padecem do que vamos chamar de sofrimento amoroso, os que estão passando por uma crise na vida profissional.

14. O sofrimento amoroso

Pode ocorrer por vários motivos: pela solidão de quem não consegue um parceiro (mas esses raramente buscam remédios como solução); pode ocorrer pelos nós de um casamento permeado de muitas brigas (esses também não costumam querer tomar remédio para desatar o nó amoroso), mas também pode acorrer por causa de uma separação ou de uma traição (esses sim, com muita frequência, chegam desesperados aos consultórios dos psiquiatras em busca de um alívio químico). Caberia até perguntar por que perder é tão pior do que não ter. Muita gente até suporta a solidão, mas a rejeição amorosa é uma das dores mais perturbadoras para o ser humano.

Um homem vai ao psiquiatra, por exemplo, e se queixa de que está muito triste, cansado, não dorme direito, não come bem, perdeu quase oito quilos em duas semanas, não consegue se concentrar no trabalho, a vida parece sem sentido, não tem vontade de sair com os amigos. Diz que está muito mal e que precisa de um remédio. Quando perguntado se alguma coisa diferente lhe aconteceu, responde que a sua esposa quis se separar e que saiu de casa com as duas filhas. O médico pergunta:

— Mas você não acha que é normal você estar sentindo tudo isso?

Ela dá de ombros e responde:

— Eu não sei, só sei que estou muito mal e preciso de alguma coisa que me ajude.

Esse é um sofrimento que, embora intenso e disfuncional, é culturalmente considerado como normal. E não vemos razão para usar remédios psiquiátricos nesse caso. Foi sugerido ao paciente do exemplo que procurasse uma psicoterapia e que voltasse depois algum tempo para uma reavaliação. Ele reapareceu três meses depois contando que a terapia o estava ajudando, mas que piorou depois que tinha descoberto que estava sendo traindo há muito tempo, que sua então ex-esposa mantinha um caso com um primo seu. Completou relatando que, em um final de semana, ficou com as duas filhas e na volta da chácara no interior, na estrada, ficou pensando que haveria um jeito de resolver todo esse sofrimento. Bastava um gesto. Um pequeno movimento da mão no volante do carro. Ao relatar isso para o médico, saiu do consultório com uma receita de antidepressivo. Mas analisando, o que aconteceu? Covardia existencial do paciente que não aguenta lidar com a rejeição? Medo por parte do psiquiatra, que não deu o tempo certo para a terapia funcionar? Pode-se dizer que foi adequada a prescrição de uma substância química que diminui a reatividade emocional e a rejeição (que é exatamente o que o antidepressivo faz nesses casos)?

E aquelas mulheres que, mesmo querendo, não conseguem sair de relações amorosas abusivas? Merecem uma ajuda química ou devem mesmo percorrer a longa jornada de amadurecimento e empoderamento até conseguirem tomar uma atitude libertadora?

Também temos o sofrimento amoroso de outras mulheres que, desesperadas com uma separação, nunca se desligam do ex e passam a infernizar a vida de todo mundo (são as chamadas "mulheres que amam demais" – algo que também acontece em menor proporção com homens). Imagine que você é um psiquiatra e alguém lhe procura dizendo que não está aguentando o fim de um relacionamento, que não para de pensar no ex, está ficando obsessivo, não dorme, que fica com vontade de segui-lo na rua, de tentar entrar no seu e-mail, que está ficando doido.

Novamente, considerando que o sofrimento amoroso (embora dos mais angustiantes) é corriqueiro e normal, pondera-se que o tempo ajuda a lidar com a perda. Dali uma semana você vê na televisão que um rapaz que sofria disso sequestrou, manteve em cárcere privado a ex-namorada e uma amiga e por fim atirou na garota (de 16 anos), que morreu ao dar entrada no hospital. Como você se sentiria? Muito mal, sem dúvida, mas qual é a melhor conduta, então? Dar remédio psiquiátrico para todo mundo que sofre por amor? Seguramente não. Nunca medicar também não. Como não há uma regra geral, um protocolo, é preciso avaliar em cada caso, individualmente, a capacidade do paciente de tolerar a angústia. Será que ele tem recursos psíquicos para elaborar a perda ou vai passar ao ato?

É para isso que existem os clínicos, os psicólogos e os psiquiatras. Se existisse uma regra geral, pró ou contra remédio, não haveria trabalho para os clínicos: bastava colocar a medicação na caixa d'água, em uma vertente, ou bani-la do mercado, na outra. Como não dispomos de tal regra, temos mesmo que lidar com a angústia da escolha técnica no campo do sofrimento amoroso. Com mulheres que amam demais e homens que matam demais.

15. A crise profissional

Pessoas desempregadas não costumam buscar ajuda psiquiátrica. A não ser quando estão francamente deprimidas, e aí estaríamos no campo dos pacientes com transtornos psiquiátricos (o número dois), e aqui queremos discutir o caso daquelas pessoas com sofrimento psíquico excessivo, mas que não são consideradas como portadores de um transtorno mental (o paciente número três).

O que se vê nos consultórios psiquiátricos, com frequência cada vez maior, são casos de jovens e brilhantes profissionais de administração, finanças, tecnologia da informação ou direito, com quadros de exaustão física e emocional, geralmente causados pelas extenuantes jornadas de trabalho do mundo globalizado, as expectativas cada vez maiores deles próprios e das empresas em relação às metas, às dificuldades de relacionamento com chefias autoritárias ou aos colegas mais competitivos. Note-se que os problemas não acontecem por falta de competência, ao contrário: deve-se ao uso excessivo de suas competências, um problema bem pós-moderno. Dizer para esses profissionais que quando eles buscam ajuda química em vez de tomarem um atitude em relação ao trabalho e aos seus empregos, é o mesmo que dizer que eles estão se comportando exatamente como aquele jogador de vôlei com o joelho "ferrado", que pede ao médico do clube um anestésico para aguentar jogar a final do campeonato. Muitas vezes os remédios nem surtem o efeito esperado e nem é para o fim desejado, mas insiste-se argumentando que "é só até terminar esse projeto". Entendo que remédios psiquiátricos para esses profissionais é inadequado, faz mal. Mas eles acham que não. Terapia, sim, seria muito bom, reconhecem. Muitos até já fizeram anteriormente, mas nesse momento de crise não conseguem tempo. Essas pessoas apresentam um perfil psicológico bem típico: são competentes, dedicados e excessivamente preocupados (não só com as coisas do trabalho, mas também da vida familiar). Os psiquiatras começaram a chamar esses quadros de "a doença dos super": dos supergerentes, superexecutivos, superfilhos, supermaridos etc. As mulheres, em sua jornada de ocupação do campo profissional, também passaram a apresentar estes quadros: "a doença dos super" está virando uma situação que independe de gênero.

Crises na vida profissional, que podem levar a uma demanda psiquiátrica, não são prerrogativa dos "super". Muitas outras pessoas se estressam a tal ponto com o trabalho, que começam a ter problemas com sono, apetite e até mesmo na disposição para fazer coisas cotidianas. Em alguns casos, a situação se complica e a pessoa começa a não querer ir para o trabalho (ou quando vai começar a passar mal fisicamente, com uma tontura, uma dor de cabeça leve ou um desarranjo intestinal). O que é isso? Em alguns casos, é assédio moral (especialmente quando o chefe é francamente hostil e persecutório), mas em outros é nada mais que uma reação exagerada (e a própria pessoa às vezes reconhece) a uma situação problemática no trabalho. Nessa circunstância seria apropriado lançar mão de remédios psiquiátricos? Essa é uma pergunta que muitos psiquiatras enfrentam atualmente. Anteriormente, quem passava por esses problemas no trabalho era enviado ao divã do psicanalista, especialmente quando a situação se repetia em diferentes empregos, fruto provável de uma ativação de alguma dificuldade emocional da pessoa.

Pessoas que enfrentam sofrimentos amorosos, crises profissionais e os problemas da vida cotidiana sem remédios psiquiátricos saem dessa jornada diferentes daqueles que atravessaram esses sofrimentos psíquicos a bordo dos psicotrópicos? Qual seria tal diferença? Os que tomaram os remédios perderam o quê? Essas questões precisam ser esclarecidas, não podem ser tomadas como já sabidas, respondidas (como sugerem os discursos contrários aos remédios e a favor da psicoterapia); não basta mais "o elogio ao sofrimento".

Enquanto é evidente a possibilidade de amadurecimento e crescimento pessoal oferecida pelo sofrimento existencial, resta ainda demonstrar e compreender melhor o prejuízo existencial daqueles que optam por atenuar o sofrimento pelo uso dos remédios psiquiátricos. Cabe investigar melhor a repercussão do uso dos psicotrópicos na vida das pessoas. Nesse sentido, seria bem interessante retomarmos as pesquisas do psicanalista suíço Igor Caruso sobre a separação amorosa.

Ele escreveu o livro *A separação dos amantes*[9] na década de 1960 quando dispunha apenas da palavra como recurso terapêutico. As pílulas ainda não estavam amplamente disponíveis como agora.

---

9 Caruso, Igor. *A separação dos amantes – uma fenomenologia da morte*. São Paulo: Cortez, 1981.

16. A cultura da felicidade

O uso massificado dos remédios psiquiátricos pode ser atribuído a duas linhas de força: a indústria farmacêutica e a cultura da felicidade, que funcionam como duas mãos que empurram um carro até que, "no embalo", passa a funcionar por si só. Aqui vamos focalizar a cultura da felicidade.

Vivemos em uma época em que ser feliz parece a coisa mais natural do mundo, e quando não acontece, ficamos escandalizados e buscamos rapidamente identificar o erro ou o culpado. Vivemos como se tivéssemos direito à felicidade. Isso é uma ilusão pós-moderna. Felicidade não é um direito. Chocante essa ideia? Pois é, mas se você acha que tem esse direito, quando você estiver infeliz, a quem vai processar? O Estado, Deus, a vida, o seu companheiro?

Nossa sociedade é muito judicializada: quase todas as relações são normatizadas pela aplicação da lei. Filho pode obrigar o pai a cumprir suas obrigações paternas. E o oposto também, ou seja, um pai idoso pode entrar na justiça para que o filho cuide dele. Marido e mulher podem pedir na justiça o cumprimento do intercurso sexual para consumar o casamento etc. Só tem uma relação que eu nunca vi ninguém entrar na justiça: a amizade. "Ah, vou entrar na justiça porque você não me liga, vou te processar porque você só liga para ele e não para mim". Isso não acontece: amigos até discutem a relação, mas não vão parar na justiça.

O mais provável é que, nos momentos de infelicidade, eu acabe me processando e criando, com isso, um sofrimento extra somente para minha vida. Eu posso até ter vontade de responsabilizar o outro pela minha infelicidade, mas acabo fazendo terapia e maduramente percebo que não é outra pessoa que vai me fazer feliz. Então, se a culpa é apenas minha, eu que errei ao não ser feliz e isso, na sociedade pós-moderna, faz com que se sofra duplamente. Primeiro, porque ser infeliz é desprazeroso. E em segundo lugar, o sofrimento ocorre porque sente-se culpado, errado, um fracassado, um perdedor.

Esse é um dos piores resultados da cultura da felicidade: o fundamentalismo psicológico. Do mesmo jeito que existe aquele mais conhecido, que é o religioso, afirmando que se estou infeliz é porque pequei contra Deus, há o fundamentalismo psicológico, estabelecendo que se estou infeliz sou neurótico, não sei viver. Além desse tem também o fundamentalismo médico, segundo o qual se adoeço é porque eu errei comendo ou bebendo demais... se eu não estou feliz eu errei, não soube amar direito, o que será que fiz? Não se tolera o mínimo de infelicidade ou de angústia. Se você perguntasse ao seu avô qual o sentido da vida, ele provavelmente responderia o seguinte: criar os filhos, honrar o seu país e respeitar a Deus. Simplesmente isso. A palavra "felicidade" não apareceria na resposta. Agora, se nos fizermos, hoje, essa mesma pergunta, provavelmente responderemos: "só quero ser feliz, me realizar, ser eu mesmo". Como se a felicidade fosse algo simples e natural. Mas insisto, não é? Temos direito de buscar a felicidade, e não de ser feliz. Para tanto, são necessárias algumas coisas: oportunidades iguais, liberdade para se relacionar com quem quer que seja, acesso a saúde, educação, justiça, trabalho. Temos direito a tudo isso. Agora, se com isso tudo você vai ser feliz ou ter sucesso, já depende de muitas circunstâncias que não são controláveis. Vai que você se apaixona pela pessoa errada? Ferrou.

Quando acreditamos que um problema é da nossa conta lidamos melhor com ele, mas quando achamos que é injusto, nos irritamos e tendemos a não cuidar dele com a devida dedicação, o que leva a resultados ruins. Querer me livrar de um problema que não me cabe é diferente de resolver um que é meu. A cultura da felicidade nos faz acreditar que o sofrimento, que a infelicidade, a doença, as dores de amor não nos pertencem, não deveriam acontecer, são erros (nossos ou de alguém), são injustos. Essa crença faz com que não nos responsabilizemos por nossas vidas. Não que sejamos culpados, mas sempre seremos responsáveis. E se não formos, ao menos por aquilo que nos aconteceu no passado, haveremos de ser por aquilo que a vida ainda vai nos dar. Isso é inescapável. "Este exame deve estar trocado, é de outra pessoa", ou "esta doença não poderia ter acontecido", "onde errei, minha mulher não poderia ter se sentido atraída por outro homem". Errar, para nós seres pós-modernos, não é possível. É muito difícil aceitar que coisas ruins podem simplesmente acontecer. Mesmo para pessoas boas. Por incrível que pareça, provavelmente viveremos um pouco melhor se aceitarmos a existência da fatalidade e da nossa impossibilidade de controle da vida. Dizer sim para ela, com o que tem de bom e ruim, ajuda a levá-la. Mas a pós-modernidade não nos ensina isso.

Baseada na vontade de controle e dominação da natureza e das relações, a cultura pós-moderna está sendo concebida na recusa da fatalidade, na deslegitimização da ideia de destino e da tradicional resignação. O paradoxo é que, quanto mais controle, organização e eficácia alcançamos, maior é o nosso medo de perdê-la. O filósofo francês Gilles Lipovetsky[10] diz que nossa cultura se tornou polifóbica. Temos medo de tudo: das ondas telefônicas, do que comemos, do que bebemos etc. Não aceitamos mais os acidentes ou até mesmo a própria ideia de tal ocorrência, e passou a se tornar um escândalo, uma obscenidade, um crime. Queremos risco zero, proteção total às vidas e à saúde, e para isso vivemos pelo princípio da precaução. Trabalho fundamentalmente com transtornos afetivos, depressão e ansiedade. Com o tempo, acabei descobrindo com meus pacientes que o contrário de ansiedade não é segurança, mas sim coragem.

Acabei descobrindo com meus pacientes que o contrário de ansiedade não é segurança, mas sim coragem.

---

10 Lipovetsky, Gilles. *Os tempos hipermodernos*. São Paulo: Barcarolla, 2007.

Vivendo na crença ingênua de que a felicidade é o estado natural do ser humano, somos parte de uma cultura do controle da vida, e aqui entram os antidepressivos. Eles não controlam os eventos da vida, mas prometem controlar as emoções diante deles. A cultura da felicidade e os antidepressivos são sinérgicos: apontam para a mesma direção, e quando a isso adicionamos a força da indústria farmacêutica (um dos negócios mais lucrativos da economia contemporânea – só perdendo para petróleo, armas e especulação financeira), começamos a ter uma visão mais clara da massificação do uso dos antidepressivos.

17. Os supernormais

Nos primeiros tempos dos antidepressivos, dizia-se que eles não atuavam em pessoas normais: eles só funcionavam em quem tivesse uma suposta deficiência de serotonina, ou portador de algum transtorno mental. Mas logo foi ficando claro que isso não era verdade e que, como era de se esperar, os antidepressivos tinham sim um efeito sobre o psiquismo normal. Em busca de entender melhor isso, foi realizado um grande estudo clínico, envolvendo vários centros psiquiátricos em vários países, inclusive o Brasil (um dos locais escolhidos aqui foi o Instituto de Psiquiatria do Hospital das Clínicas de São Paulo). A ideia básica do projeto de pesquisa era dar antidepressivos para pessoas normais e observar o que acontecia. A princípio, esse racional de pesquisa pode despertar uma certa revolta ("que história é essa de dar remédio psiquiátrico para gente normal?"), mas entendo que esses estudos são mesmo necessários por tudo o que estamos debatendo.[11] Primeiramente, todos os voluntários eram submetidos a uma bateria de testes psicológicos para excluir quem tivesse qualquer transtorno psiquiátrico, mesmo que fosse leve. Então os "normais" passavam a usar antidepressivos por

---

11 Eu mesmo participei como "cobaia" de alguns desses estudos.

alguns meses. Observou-se que essas pessoas diziam que se sentiam muito melhor que antes. Expressões como "estou bem, estou normal, estou supernormal" eram as mais faladas por eles. Peter Kramer, autor de *Ouvindo o Prozac: Uma abordagem profunda e esclarecedora sobre a "pílula da felicidade"*, relata que seus pacientes diziam estar "melhor do que bem". Esse efeito era esperado, mas o que surpreendeu os pesquisadores foi outro: o social. Os participantes que tomavam o antidepressivo ficavam socialmente mais interessantes do que aqueles que não tomavam. Eram avaliados (por pessoas que não sabiam do experimento) como mais atraentes, tanto do ponto de vista de amizade quanto do ponto de vista romântico; exerciam uma ascensão maior social dentro do grupo. Esse resultado é, ao mesmo tempo, interessante, desconcertante e preocupante, porque coloca em questão a possibilidade de manipulação social pela via da química fina dos psicotrópicos. Será que estamos a ponto de colocar fluoxetina na caixa d'água para criar uma sociedade mais cordata?

Se essa ideia parece muito exagerada e ficcional lembre-se que já recebemos água com flúor em nossos filtros caseiros para tratar cáries, e que os exércitos costumam colocam substâncias químicas na comida dos soldados para diminuir a libido. Você já se perguntou por que o sal é iodado? Não tem nada a ver com cozinha, o motivo é outro. Existe uma doença da tireoide, chamada bócio, que é causada por deficiência de iodo no corpo humano. É uma doença endêmica, atinge uma parcela enorme da população e o melhor tratamento é administrar iodo. Como seria possível fazer isso com milhões de pessoas? Uma campanha tipo "dia do iodo", semelhante às de vacinação contra a varíola ou contra o sarampo? Poderia ser, mas alguém teve uma ideia melhor: colocar iodo em alguma coisa que todo mundo consumisse diariamente. E pensou-se... no sal. Do ponto de vista de saúde pública, foi uma solução brilhante. Assim como a água fluoxetinizada.

18. A invenção do Prozac

Drogas para aliviar a aflição humana sempre existiram. Mas todas elas, a exemplo do ópio, do álcool, da maconha e dos primeiros remédios psiquiátricos, sempre vieram acompanhadas de efeitos colaterais físicos, psíquicos e sociais complicados e estigmatizantes que limitaram suas utilizações, até que em 1987 entrou em cena o Prozac, o primeiro antidepressivo "confortável", assim denominado por apresentar um perfil de efeitos colaterais bem mais toleráveis. Verdadeiro marco em vários sentidos: foi o primeiro remédio psiquiátrico a ser inventado de forma planejada (em vez de ser simplesmente descoberto acidentalmente); criou um novo paciente para a psiquiatria; extrapolou os limites da clínica, invadindo a cultura; tornou-se um grande negócio do ponto de vista financeiro; provoca um debate sobre o conceito de doença mental e sofrimento psíquico e, finalmente, aponta para uma das características mais surpreendentes do homem pós-moderno: a subjetividade artificial.

É famosa a história da penicilina, o primeiro antibiótico da medicina, que foi descoberto por acaso quando

Alexander Fleming, pesquisador britânico, estudava substâncias capazes de combater bactérias e esqueceu seu material de estudos em uma bancada quando saiu de férias. Ao voltar, observou, a princípio desolado, que as suas culturas tinham sido contaminadas por fungos, mas logo depois, num lance de genial intuição, percebeu que estes matavam as bactérias. Também os primeiros remédios psiquiátricos foram acidentalmente descobertos enquanto se buscava uma cura para a tuberculose, mas com o Prozac não foi assim. Ele foi projetado, e sua invenção foi perseguida durante décadas de pesquisa.

Antes de o Prozac aparecer os remédios psiquiátricos existentes eram todos muito caros – não em termos de dinheiro, mas em efeitos colaterais –, era preciso estar muito mal para valer a pena tomá-los regularmente. Os antipsicóticos, remédios extremamente fortes de efeitos colaterais insuportáveis, só eram tomados pelos loucos porque eles eram obrigados. Os primeiros antidepressivos chamados tricíclicos engordavam, davam constipação intestinal, tontura, alterações no ritmo cardíaco, boca seca e problemas sexuais. Os calmantes, os famosos tarjas pretas, tinham uma ação psíquica que agradava muito as pessoas, mas viciavam e acabaram caindo em desgraça social. O que aconteceu com esses remédios, os calmantes, foi o seguinte: por volta de 1950, pesquisadores em busca de uma substância que estabilizasse a penicilina descobriram o meprobamato e perceberam que os animais de laboratórios usados nos testes ficavam muito calmos e tranquilos e, assim, mais uma vez acidentalmente, foi descoberto o primeiro remédio de sucesso para ansiedade. Em 1954 a

Wallace Laboratórios lançou o meprobamato com o nome comercial de Miltown (em uma referência a pequena cidade do interior dos EUA onde ficava a matriz da companhia). Era um remédio que diminuía a ansiedade, induzia o sono e também funcionava como relaxante muscular: era tudo de bom. Chegou a ser apelidado de "pílula da felicidade", "remédio da paz de espírito", e seu sucesso foi estupendo. Ele tornou-se muito popular em Hollywood e em todos os EUA. Homens de negócios, artistas e donas de casa o usavam livremente já que eles eram vendidos nas farmácias sem necessidade de receita médica. O escritor Tennessee Williams declarou que precisava dele para escrever; o comediante Jerry Lewis era seu fã e o dizia abertamente e não havia nenhum problema nisso. Gala, a mulher de Salvador Dalí, que também era ardorosa defensora do Miltown, convenceu o laboratório a encomendar a seu marido uma instalação sobre o remédio que custou 100 mil dólares. Dois anos depois de seu lançamento, 5% dos americanos o usavam, passando a ser o remédio mais consumido da história. Ele favorecia desde a produtividade econômica dos homens de negócios às mulheres que tinham que dar conta da dupla jornada de trabalho, ficando conhecido como "o pequeno ajudante das donas de casa".

Mas toda essa maravilha não durou muito: alguns anos depois de seu lançamento, o Miltown passou a ser fortemente criticado. A ideia de um pequeno ajudante das donas de casa, de um remédio que reforçava a posição de submissão das mulheres, levando-as a se sentirem felizes com a vida de trabalho ininterrupto pegou muito mal numa cultura americana já impulsionada pelo movimento feminista.

A mulher tinha que ser eficiente no trabalho e em casa. E isso era (e ainda é) muito difícil, não só do ponto de vista de tempo, mas porque ninguém conseguia fazer tudo. O remédio, na realidade, servia para as mulheres ficarem calmas. Aquela mãe à beira de uma crise de nervos, tomando o Miltown ficava tranquila e funcionava. A crítica social foi o primeiro movimento contra essa medicação, mas não ficou nisso, pois logo ficou claro que ele viciava. E a partir daí houve uma forte retração em seu consumo. Foi no vazio provocado pela queda de vendas dos calmantes que nasceu a nova geração de psicotrópicos: os antidepressivos toleráveis. Pesquisadores das indústrias farmacêuticas americana, inglesa e alemã trabalharam durante muitos anos em busca de uma substância que não viciasse, não sedasse e desse uma certa tranquilidade. Essas eram as metas. No início da década de 1970 surgiram evidências de que o neurotransmissor denominado serotonina estava envolvido na fisiopatogenia da ansiedade e da depressão. Assim, vários laboratórios farmacêuticos investiram na pesquisa em busca de uma substância que modulasse esse neurotransmissor. O laboratório norte-americano Eli Lilly sintetizou várias moléculas candidatas e passou a testá-las e uma delas, registrada como Lilly 110140, pareceu promissora. Mas as pesquisas se desenvolviam bem lentamente, pois os executivos da empresa não estavam muito certos do potencial de mercado de uma droga para depressão e ansiedade. Por mais estranho que pareça, naquela época ninguém pensava seriamente em tratar depressão e ansiedade leve com remédios, pois essas condições eram vistas essencialmente como resultado de conflitos internos, visão sustentada psicanálise que era o padrão ouro para os tratamentos dos transtornos psiquiátricos não psicóticos. A psicofarmacologia era considerada apenas para os quadros muito graves. Não foi, portanto, a psiquiatria que pressionou a indústria farmacêutica para desenvolver remédios para depressão e para a ansiedade, mas o contrário: a indústria recrutou muitos psiquiatras para testarem suas drogas (na verdade, para que eles encontrassem uma doença que pudesse ser tratada por aquelas substâncias que estavam sendo desenvolvidas). A história da invenção do Prozac inverteu a lógica tradicional de que primeiro vem a doença e depois a medicina corre atrás do remédio. Não era uma doença em busca de um tratamento, mas um remédio em busca de uma doença para curar, tal como a peça de Pirandello *Seis personagens à procura de um autor*.[12] Em 1987, quase vinte anos depois do início das pesquisas, a Eli Lilly finalmente transformou a Lilly 110140 na fluoxetina e a lançou comercialmente com o nome de Prozac. O marketing da empresa procurou posicioná-lo no mercado bem distante dos calmantes e dos antidepressivos tricíclicos, insistindo que ele era o primeiro representante de uma nova classe de antidepressivos, os inibidores seletivos de recaptação de serotonina, conhecidos pela sigla ISRS. Os antidepressivos antigos, os tricílicos, inibiam vários outros neurotransmissores além da serotonina, o que explica seus muitos efeitos colaterais. Investindo fortemente no marketing, a empresa popularizou a mensagem de que eles não tinham tantos

---

12   *Seis personagens à procura de um autor*, peça de Luigi Pirandello.

efeitos colaterais e poderiam ser prescritos pelos médicos e usados pelos pacientes de forma mais natural, sem tanta preocupação. Deu certo. O sucesso do Prozac foi estrondoso (comercial e clinicamente), a ponto de ele ganhar o título de "pílula da felicidade", coisa que absolutamente ele não é. A modulação da subjetividade produzida por ele vai mais ou menos no seguinte sentido: a fluoxetina, seu princípio ativo, atenua a tristeza, a angústia, a ansiedade e o desespero, além de diminuir também a raiva, a agressividade e a impulsividade, rebaixando também o desejo sexual, embora não cause impotência. Ele cria uma espécie de anestesia na vida emocional e não uma excitação. Ou seja, ele não é um estimulante, não produz euforia nem aumenta a capacidade de sentir prazer, mas a diminui, chegando a criar uma certa indiferença emocional sentida como problemática por alguns pacientes. Calma e tranquilidade são os efeitos do Prozac, e não a felicidade. Além do marketing da indústria farmacêutica, algumas obras ajudaram a difundir esse medicamento, transformando-o em uma verdadeira estrela. Ele foi capa de inúmeras revistas importantes e virou tema de livros e filmes. Já citei uma publicação, *Ouvindo o Prozac*, do psiquiatra Peter Kramer.[13] Ele descreveu como pacientes com quadros sintomáticos leves e pessoas com problemas que não chegavam a ter uma doença podiam se beneficiar dos remédios, inclusive pessoas com certos traços de personalidade como insegurança e timidez.

---

13 Kramer, Peter. *Ouvindo o Prozac*. São Paulo: Círculo do Livro, 1993.

Aqui podemos observar o nascimento do paciente contemporâneo da psiquiatria ampliando o mercado dos psiquiatras e diminuindo o mercado dos psicoterapeutas, criando um confronto que reverbera até hoje. O debate inicial sobre se deveríamos tratar depressão e ansiedade com remédios ou psicoterapia está se transformado agora no debate sobre se devemos enfrentar as angústias da vida com remédios ou com psicoterapia. O Prozac acabou deixando o campo da psiquiatria e penetrando amplamente na cultura cotidiana, fenômeno que já vimos acontecer até em maior escala com os conceitos da psicanálise. A palavra Prozac foi parar no Dicionário Oxford.[14] E, como já foi dito, motivou vários filmes e livros, contra e a favor do seu uso. A película *Geração Prozac*, do diretor Erik Skjoldbjaerg e estrelado por Jessica Lange, baseado no romance autobiográfico de Elizabeth Wurtzel[15] conta a história de uma garota que passa por crises de depressão chegando a tentar o suicídio antes de ser tratada com o Prozac. Já o livro *Mais Platão e menos Prozac*[16] critica fortemente o abuso dos antidepressivos.

As décadas seguintes ao lançamento do remédio assistiram a um aumento estratosférico de seu uso, e hoje, analisando a massificação dos antidepressivos, fico surpreso quando constato que a psicofarmacologia só tem 70 anos e que os antidepressivos confortáveis, por sua vez, estão no mercado há apenas 30 anos: é muito pouco tempo para que

---

14 *Oxford English Dictionary*.

15 Wurtzel, Elizabeth. *Prozac Nation*. Nova York: Riverhead Books, 1995.

16 Marinoff, Lou. *Mais Platão, menos Prozac*. São Paulo: Record, 2006

a ideia de tomar um remedinho para ansiedade já seja tão natural em nossa cabeça. Recentemente foi feita uma pesquisa nas águas do Rio Hudson (que corta a cidade de Nova York) e foi encontrado ali alto teor de fluoxetina.[17] Para chegar a isso imagine quanto dessa substância não tem de ter no esgoto; e para ali ter tanta fluoxetina calcule-se a concentração dela na urina dos nova-iorquinos e, finalmente, para isso imagine o tanto de Prozac que os nova-iorquinos consomem. Como o índice de doença mental não é tão alto assim é lícito supor que boa parte dos habitantes da Big Apple que toma fluoxetina pertence ao grupo dos pacientes contemporâneos. O centro de controle de enfermidade nos EUA afirma que 11% das pessoas maiores de 12 anos usa Prozac. Na Europa a situação não é diferente: em 2010, o Instituto para o Estudo do Trabalho em Bonn afirmou em uma pesquisa que, de cada dez pessoas avaliadas, uma tomava fluoxetina. Do ponto de vista financeiro as coisas também foram muito bem com o Prozac. Em 1988, quando ele chegou às farmácias uma ação da Lilly valia US$ 3,79. Dez anos depois, em 1999, cada papel valia US$ 52,00. Uma valorização de cerca de 1.100%.

O Prozac foi o primeiro remédio psiquiátrico para pessoas que não tinham doenças, mas que padeciam de um sofrimento psíquico excessivo e que consideraram que valeria a pena usar um psicofármaco. Um dos fatores que sempre limitaram o uso de psicotrópicos é o estigma social. Tomar remédios psiquiátricos ainda é visto como sinal de loucura,

---

17 Stossel, Scott. *Meus tempos de ansiedade*. São Paulo: Companhia das Letras, 2014.

de incapacidade para os atos da vida e de fraqueza moral. Os antipsicóticos são remédios com efeitos tão fortes e visíveis, que basta olhar para o paciente para sabermos que ele usa tais remédios; seu olhar fica diferente, meio paralisado, a mímica facial diminui, a musculatura do corpo se enrijece, ele fica robotizado, pois sua psicomotricidade fica alterada. Já com os antidepressivos isso não acontece, você não será capaz de dizer em meio a um grupo de pessoas quais são aquelas que usam antidepressivos, pois os efeitos colaterais desses remédios são bem menores, e bem menos visíveis, são mais íntimos, digamos. O estigma social, portanto, é menor com os antidepressivos do que com os antipsicóticos.

Quem busca no álcool ou em outras drogas uma maneira de lidar com as angústias cotidianas não é bem-visto socialmente, além de desenvolver uma dependência física, apresentando, com isso, muitos problemas de saúde. Os antidepressivos também têm seus efeitos colaterais, físicos e sociais (só que bem menos complicados) e na equação custo-benefício eles aparecem de forma vantajosa. O álcool é sedativo, diminui as capacidades cognitivas como raciocínio e memória; atrapalha, portanto, o desempenho profissional. O antidepressivo não, pelo contrário, ele faz com que a pessoa trabalhe melhor. O álcool diminui a produtividade, o antidepressivo aumenta, efeito bastante valorizado em nosso mundo altamente competitivo e mercadológico. Nesse aspecto, os antidepressivos estão mais próximos do café, potente psicotrópico de largo uso social, maior até que o álcool. Por que, afinal, as empresas oferecem café de graça para os funcionários e não vinho? Há outro fator complicador no caso do álcool: ninguém consegue esconder quando faz uso frequente dele. Já quem toma antidepressivos, se quiser, pode esconder do companheiro, da família ou dos colegas de trabalho. Ou seja: o uso dos antidepressivos pode ser mantido como questão privada, íntima. O do álcool, não.

Passado o período de euforia inicial com o uso do Prozac, começaram a aparecer questionamentos sobre sua eficácia e sobre a segurança de seu uso. A Lilly foi acusada de disseminar, via marketing e patrocínio de pesquisas científicas controladas (sendo algumas estrategicamente publicadas ou mesmo engavetadas, quando os resultados não eram favoráveis), o mito de que a fluoxetina não tinha efeitos colaterais importantes. Recentemente veio a público um relatório interno dessa indústria demonstrando que "38 por cento dos pacientes sob efeito da fluoxetina apresentaram um acesso de excitação motora contra 19 por cento dos pacientes que tomaram placebo, uma diferença de 19 por cento atribuível à fluoxetina".[18] Datado de 8 de novembro de 1988, esse documento nunca tinha sido divulgado.

A crítica mais dramática ao Prozac é a afirmação que ele torna as pessoas mais suicidas. Os defensores do remédio argumentam que a depressão é a responsável pelo aumento das taxas, e não a medicação. Peter Kramer, um dos maiores divulgadores do uso do Prozac para pessoas com quadros leves e mesmo àqueles sem patologia, sentiu-se obrigado a advertir, em seu best-seller *Ouvindo Prozac*

---

18 Stossel, Scott. *Meus tempos de ansiedade*. São Paulo: Companhia das Letras, 2014.

sobre os possíveis efeitos colaterais do medicamento, tais como tremor, diminuição da libido, retardo orgásmico e... aumento da ideação suicida em alguns casos. Além desses efeitos, a maioria dos antidepressivos pode fazer quem os toma emagrecer no começo, porque tira a ansiedade e a pessoa para de comer, mas depois, por alterações metabólicas, acaba engordando.

Os antidepressivos têm mesmo muitos efeitos colaterais. Mas tudo isso deve ser colocado na balança, e não levando em conta um pequeno benefício médico, mas a possibilidade de quem o toma tornar-se uma pessoa mais sociável, mais capaz de vencer a vida, menos sofredora. Isso faz com que esse remédio e seus efeitos colaterais não sejam tão assustadores assim; pelo menos é essa a conclusão que podemos tirar do crescimento de seu uso nos últimos anos.

19. A indiferença olímpica

Um dos efeitos colaterais mais esquisitos dos antidepressivos é uma certa anestesia emocional. A pessoa fica *zen*. Às vezes até demais. "Perdi o emprego, você não me quer mais, ... ah, tudo bem, vamos em frente". Há uma capacidade maior de lidar com todas as porradas da vida. É exatamente isso que se busca do remédio: diminuir o desespero, mas se isso fica muito intenso, torna-se também um efeito colateral e o denominamos de indiferença olímpica: quando começa-se a olhar as coisas com certa indiferença, como se estivesse no alto do Monte Olimpo, acima do bem e do mal.

Pode parecer estranho, mas não é e tampouco chega a surpreender quando alguém reclama de uma vida tranquila demais. A felicidade vem do contraste: muito problema é ruim, mas muita calma também não é felicidade: chama-se tédio. Quando o dia está muito frio sonhamos com um solzinho; quando está muito quente desejamos um friozinho, para variar. É por isso que a psicanálise vai ter sempre o seu campo, que pode até não ser o de tratar doenças psiquiátricas, mas sim de cuidar dessa coisa irresolvível, a qual nem a pílula da felicidade resolve, que é a insatisfação humana normal e que nos move na cultura. É por isso que o ser humano, mesmo quando está feliz, quer mais e mais. Algumas pessoas que tomam antidepressivos e ficam mais tranquilas começam a se queixar: "ah, esse não sou eu". Outras ainda querem parar de tomar o remédio por isso. Reclamam porque não conseguem mais chorar. Um, em particular, me disse:

– "Não vai dar para continuar tomando esse remédio. Eu estou muito bem, mas esse não sou eu. Semana passada morreu uma tia muito querida e eu não consegui chorar!"

O ser humano carrega sempre dentro de si uma pequena fração de infelicidade. A tese freudiana é de que a felicidade plena não estava nos planos do criador do homem. Quando a tranquilidade é muita, estranha-se, parece que um tanto de angústia faz parte de sua natureza. O universo, como diz Paulo Coelho, conspira a seu favor, mas o problema é que você não conspira a seu favor, como lembra Freud.

20. A indústria farmacêutica

Como vimos na primeira parte do livro, no mundo pós-moderno tudo vira produto e isso acontece também com o remédio, que passa a ser considerado para bem e para o mal dentro da lógica mercantil. O aspecto positivo é que a busca pelo lucro impulsiona as pesquisas por novas substâncias. Já o negativo é que focar no lucro distorce informações, cria mitos e relega para segundo ou terceiro planos as necessidades dos pacientes. Outra dimensão problemática da indústria farmacêutica é o poder que ela tem sobre cientistas e médicos. É muito difícil se fazer pesquisas de grande porte sem o dinheiro da indústria, especialmente em países como o Brasil, onde a custeio público da pesquisa é uma das primeiras coisas a serem cortadas em momentos de crise. Com o dinheiro para a pesquisa vem o direcionamento estratégico dos estudos, fazendo com que o conhecimento científico fique atrelado ao jogo da indústria. Se o psiquiatra não tiver noção desse jogo social, econômico e cultural que envolve o remédio e quiser se interessar apenas pelo aspecto farmacológico (pelas doses, indicações, contraindicação e efeitos colaterais) corre o sério risco de estar à serviço de algo que não sabe o que é, vai ser apenas a mão que segura a caneta.

Um dia um propagandista da indústria farmacêutica, que me visitava há muitos anos, esforçava-se para fixar o nome de um remédio na minha cabeça:

– Você está tentando fazer minha cabeça! – eu disse.

Ele respondeu em tom de brincadeira:

– Não, doutor, isso não nos interessa. Não queremos fazer a sua cabeça. Queremos apenas segurar sua mão: basta isso para que o senhor prescreva e, assim, vai se lembrar do nome do remédio.

21. A indústria das terapias

Talvez não exista apenas a indústria farmacêutica atuando no campo da saúde mental. Outro dia, em um congresso de psiquiatria, um palestrante, respondendo às críticas que um grupo de psicólogos dirigia contra as manipulações da indústria, comentou:

– Vocês ficam reclamando da indústria farmacêutica sem perceber que vocês fazem parte da indústria das terapias. Todos esses cursos que vocês promovem, esses milhares de livros de psicanálise, esse monte de grupos de estudos, esses pacientes há quinze anos em análise, tudo isso também não é uma indústria?

Sim, eu pensei, é uma indústria também, rola um dinheiro grosso nesse campo, mas há uma grande diferença. Não faz mal que exista uma indústria (farmacêutica ou das terapias), afinal não existe vida de graça, tudo tem custo, tudo precisa ser sustentado economicamente. A questão a ser monitorada no funcionamento de uma indústria é seu efeito e também seus possíveis abusos. Depois de cinco anos tomando remédios, a pessoa muda. Mas assim que para de tomá-los, volta a ser como antes. Por sua vez, depois de cinco anos de uma terapia (se bem-feita), a pessoa não volta a ser como era antes.

22. O remédio psiquiátrico não ensina nada

Agora é preciso dizer o que o remédio psiquiátrico não faz. Embora module a angústia, a ansiedade, a depressão, ele não ensina nada. Você não aprende nada depois de seis meses tomando antidepressivos. Quando parar de tomar volta a ser como antes. E eu acho que essa é uma grande diferença entre a via química e a via existencial. Passar por muitos problemas na vida é uma oportunidade e um perigo. Quem sofre muito na vida pode ficar uma pessoa muito sábia, muito realista, ou pode ficar muito cínico e achar que a vida é assim mesmo ("então eu vou ferrar todo mundo já que eu me ferrei"); ou pode entender que o "se ferrar faz parte da vida" assim como viver bem, apesar de machucado com a vida. O remédio psiquiátrico facilita a vida, mas não ensina nada a ninguém. Já o sofrimento, por sua vez, ensina bastante, a não ser quando embrutece a criatura, ou simplesmente devasta uma vida. E é claro também que tem sempre aqueles que nada aprendem com a dor.

O paciente contemporâneo é uma realidade pós-moderna, é uma prática social que tende a crescer porque a indústria farmacêutica está lançando uma nova família de antidepressivos especialmente desenhados para evitar dois dos efeitos colaterais mais limitantes dos medicamentos atuais: os problemas sexuais e o ganho de peso. Eles já estão no mercado[19] há uns quatro anos, o que é muito pouco tempo para uma avaliação consistente, mas as primeiras impressões clínicas sugerem que realmente não apresentam esses dois efeitos indesejados, mas ainda resta avaliar eficácia como ansiolítico e como antidepressivo. Também ainda não temos como avaliar seu impacto cultural. Precisamos esperar.

O novo paciente é mais um dos tantos sinais do surgimento de uma nova espécie, o *"Homo artificialis"*: um ser híbrido, biológico, mas tecnolgicamente modificado, dotado de uma subjetividade artificial modulada pela tecnologia química dos remédios psiquiátricos, como sugerem alguns futurólogos, ou simplesmente trata-se de pegar, assim, um caminho mais fácil?

---

19 Em 2013, o laboratório japonês Takeda e a casa farmacêutica dinamarquesa Lundbeck colocaram no mercado o Brintellix nome comercial da substância bromidrato de vortioxetina.

Epílogo. Para além do mal-estar

Já sabemos falar mal do contemporâneo. Fica faltando inventarmos um jeito de vivenciá-lo de uma maneira menos alarmada, menos angustiada. Estamos indo muito bem na tarefa de identificar e denunciar seus perigos e suas contradições. Mas agora é preciso ir além, dar o próximo passo, escapando da crítica apressada para alcançarmos uma descrição e uma compreensão mais clara das condições de vida posta pela pós-modernidade que são inescapáveis. Ou (já usei esse exemplo) a cultura que inventou a roda a abandonou depois? Não há registro histórico sobre esse passo para trás. A saída é sempre seguir em frente, *através* da pós-modernidade.

Somos uma geração alarmada com a pós-modernidade, polifóbica, nas palavras de Lipovetsky,[20] mas nossos filhos, que já estão nascendo num mundo tão tecnológico e tão virtual que acham tudo isso muito natural e passam a ter, com a pós-modernidade, uma relação mais íntima e menos crítica. A história de como o homem conseguiu dominar o

---

20 Lipovetsky, Gilles. *Os tempos hipermodernos*. São Paulo: Barcarolla, 2007.

fogo pode nos ajudar a pensar sobre como nos relacionamos com as novidades do nosso tempo.

Na verdade, ninguém sabe exatamente como aconteceu, mas é possível imaginar. Há um pequeno romance histórico escrito pelo inglês Roy Lewis intitulado *Por que almocei meu pai*, que trata desse assunto. A história se passa no tempo das cavernas e narra as aventuras de uma família pré-histórica aprendendo a controlar a tecnologia mais impotente de sua época: o fogo, que existia apenas nos vulcões e nas florestas incendiadas por causa de algum raio. Um dia o pai encontrou, nas proximidades de um vulcão, um tição ainda incandescente. O encostou em um punhado de palha seca e fez fogo que, assustado, instintivamente, apagou. Fez isso repetidas vezes e, com o fogo que era acendido e apagado, surgiu um sorriso em seu rosto: talvez tivesse descoberto algo muito útil. A primeira coisa foi fazer uma fogueira em frente à caverna onde morava com sua família para espantar os bichos durante a noite. Depois fizeram um pequeno fogo dentro da caverna para diminuir o frio, e logo descobriram que os alimentos colocados sobre essa sua descoberta ficavam mais saborosos ou mais fáceis de digerir. Além disso, também podia usar o fogo para ameaçar a tribo vizinha. Estavam todos encantados com a nova tecnologia, quer dizer, quase todos, pois o tio Wania, rabugento e mal-humorado, não gostou das novidades e começou a reclamar: "isto não vai dar certo, estou avisando, vocês vão se machucar com esse negócio aí". Ele achava o fogo um grande perigo para a sua espécie: para começar, poderia incendiar as peles usadas como cobertas dentro da caverna e matar todo mundo asfixiado, além de provocar queimaduras muito dolorosas. Mas isso não era o pior: para ele, o fogo estava tornando os humanos mais fracos moralmente. Que história era essa de usar o fogo para se defender dos animais da floresta? Isso era uma tarefa do homem! Ele deveria encarar a vida suportando os medos inerentes à sua condição existencial de *Homo sapiens*. Tio Wania estava muito bravo com essa nova moda do fogo e temia que acabassem colocando fogo na floresta inteira, destruindo todo o estoque de comida. A coisa que ele mais criticava, contudo, era aquele novo hábito de se reunir em volta da fogueira à noite e ficar conversando. Ele achava que tal ação tornava o homem mais superficial. Em vez de aproveitar a escuridão da noite para mergulhar em sua interioridade, numa busca pelo seu verdadeiro *eu*, as pessoas agora ficavam contando histórias, fazendo fofoca, ou seja, jogando conversa fora, iluminadas pelas bruxuleantes labaredas da fogueira em frente às cavernas. "É uma covardia existencial usar o fogo para fazer as coisas por nós", dizia ele. "Em vez de deixar nosso estômago fazer a digestão dos alimentos, agora nós pedimos ao fogo que faça isso por nós, isto é, uma vergonha". Achava que a gente tinha que viver como antes. Na intimidade da escuridão, na profundidade da subjetividade, sem essa clareza toda e tal. Mas como ninguém deu muita bola para as críticas do tio Wania, ele resolveu protestar e retirou-se para viver sozinho no meio da floresta. Apesar de todo esse repúdio à nova tecnologia, ele se encantava apenas com um aspecto em particular do fogo: o cheiro do churrasco que a família fazia todo domingo. Ele não resistia, saía de seu refúgio na floresta e ia comer com a família. O livro segue contando essa história. Vale a pena ser lido; pois é bem agradável.

Talvez o tio Wania esteja certo, e o nosso mundo atual acabe se autodestruindo dentro de pouco tempo. Ou pode ser que consigamos fazer com todas essas novidades pós--modernas que nos encantam e espantam a mesma coisa que o homem fez com o fogo: simplificá-lo ao ponto de conseguir usá-lo. O fogo, outrora indomável, hoje reside pacífico em um palito de fósforo, algo de uma incrível tecnologia: um pedaço de madeira molhado numa mistura química que coloca à nossa disposição uma das forças mais potentes da natureza. Toda tecnologia passa por uma fase complexa antes de alcançar a simplicidade. Uma hora haveremos de inventar o palito de fósforo do mundo pós-moderno e aí chegaremos ao "mel-estar contemporâneo".

Por enquanto nosso desafio é decidir o que vamos fazer com a desconcertante subjetividade artificial proporcionada pela tecnologia química dos antidepressivos: vamos apagar o fogo ou vamos aprender a brincar com ele?

Apêndice. Perguntas e respostas

Eduardo: Não seria mais fácil, em vez de tomar o caminho rápido dos remédios, a gente aprender a lidar com as nossas questões, a buscar a solução dentro de nós mesmos?

Alfredo: Não penso que mais fácil, mas sem dúvida seria mais produtivo existencialmente. Talvez esse caminho da introspecção seja mais rico para mim como ser humano, mais saudável, porém seguramente é mais demorado. Você mesmo fala da rapidez com que os remédios agem e eu fico pensando que nós, pós-modernos, perdemos uma coisa que talvez as pessoas do mundo industrial e com certeza as pessoas da era agrícola tinham: a resignação existencial que, antigamente, tinha um significado e agora tem outro. Uma coisa é eu aceitar uma dor sabendo que não tem remédio para ela e outra é eu aceitá-la sabendo que tem algo que a alivia e eu estou optando por não recorrer a essa coisa. Vou contar um caso da minha história familiar. A minha avó, uma mulher do interior do Nordeste, teve catorze filhos. Sabe quantos tios eu conheci? Cinco, porque de todos eles, nove morreram antes de completar um ano de idade. Pensem se a minha avó ficou traumatizada pelo resto da vida por perder nove filhos. Não. Por quê? Naquela época e naquela região, perder filhos fazia parte da vida. Para ela era dolorido, sem dúvida fazia parte do momento. "O que não tem remédio, remediado está". Era assim. Num lugar pequeno, lá nos confins do Nordeste. Não tinha médico ou enfermeira. Embora ela ficasse angustiada e desesperada, como toda mulher que perde um filho, não ficava traumatizada. Agora, nos dias atuais, aqui em São Paulo, se uma mulher perder dois filhos alguns meses após o nascimento, isso criará tanta angústia e estresse, que muito provavelmente ela vai passar pelo divã do psicanalista ou pela poltrona do psiquiatra. Então é muito mais difícil você lidar com uma dor quando ela parece existencialmente injusta. Essa suposta mulher paulistana provavelmente diria que "não precisava ter sido assim". Já a minha avó não pensaria isso porque ela não tinha outra saída. E trazendo uma coisa mais perto, se eu perguntar para você para que é que você vive, qual seu objetivo de vida, qual a resposta? Não precisa me dar..., mas provavelmente muitos de vocês diriam assim: ser feliz. Seu avô não responderia isso. Sabe o que o seu avô vai responder? Criar os filhos, trabalhar, honrar Deus e defender o meu país. E ele achava que isso fazia a vida dele plena de significados. Não entrou na frase dele ser feliz. Ser feliz como um objetivo de vida é um projeto pós-moderno. O que eu estou querendo dizer é que para nós, que já nascemos com essa oferta de possibilidades químicas para lidar com a dor escolher o caminho do não remédio é uma tarefa mais árdua, do que alguém que viveu numa época onde não tinha remédio. É preciso ser muito mais existencialmente corajoso para não tomar o remédio hoje. Se acontecer uma coisa com você, vou usar agora um exemplo político, se diminuir os seus direitos de se aposentar, mas diminuir para todo mundo, você fica bravo mas se for para todo mundo talvez você engula, mas se diminuir só para você e para outros não, aí acho que você vai reagir. Quando não tem remédio, remediado está, mas quando tem remédio está criada uma outra angústia, a angústia da escolha. E nós vivemos numa época que a tecnologia química possibilitou essa saída talvez covarde dos remédios. Mas ela está aí.

Geraldo: Eu gostaria de saber se os antidepressivos funcionam mesmo ou se não é só efeito placebo.

Alfredo: Vou começar a responder à sua pergunta esclarecendo o que é exatamente esse efeito ao qual você se referiu. O placebo é uma substância quimicamente inativa que é tomada como se fosse realmente um remédio. Se você tomar uma pílula de farinha sabendo que é farinha, não é placebo; mas se você a tomar acreditando que se trata de um antibiótico, e mesmo assim a infecção diminuir, aí é o tal efeito placebo agindo. E ele existe mesmo. Muitas pessoas melhoram mesmo. Vamos supor que todos nessa sala estivessem com dor de cabeça e que tomassem um comprimido distribuído por mim. Visualmente, todos os comprimidos pareceriam iguais, mas para as pessoas aqui da direita se trataria de farinha e para as da esquerda seria realmente um analgésico. Por incrível que pareça, uns 20% das pessoas da direita provavelmente se livrariam de sua dor, mas não por um efeito químico, mas por uma via psicológica, pela sugestão. A sua questão é sobre se os antidepressivos funcionam ou se são apenas placebo. Até onde isso foi estudado, esses medicamentos funcionam sim para além do placebo. As agências regulatórias que liberam os remédios para serem comercializados, como a Anvisa brasileira e o FDA americano, só autorizam o lançamento de um remédio se o fabricante demonstrar que seu produto funciona mais do que os placebos: são os famosos estudos contra placebo. A comparação que supomos, sobre o comprimido para a cefaleia que fizemos aqui, seria um desses estudos. Alguns críticos da psicofarmacologia dizem que os antidepressivos só funcionam por sugestão, mas essa afirmação não se sustenta. Ela não é fundamentada em nada, apenas na opinião de quem a defende. Agora, dizer que o antidepressivo carrega um tanto de efeito placebo, isso sim é mais fundamentado, e não tem nada de desabonador ou falso. Todo remédio funciona um tanto pela química e outro pela sugestão, pela relação transferencial que o paciente tem com o médico que prescreveu a medicação. Então posso responder à sua pergunta dizendo que o antidepressivo tem muito de efeito placebo sim. O que não quer dizer, insisto, que ele não tenha efeito químico. Hoje a medicina sabe que todos os tratamentos têm um pouco de efeito placebo, e isso não torna nenhum deles falso ou desnecessário. É que para o ser humano a via do "real químico" vem sempre acompanhada da via "imaginária e simbólica", sempre, nada para nós é apenas a pura realidade, tem sempre a questão sobre como vivemos essa suposta realidade. E pelo lado biológico podemos demonstrar que o antidepressivo que não é puro placebo, pois eles também funcionam em pessoas em coma. Aí você fala assim: "que história é essa do antidepressivo que funciona em pessoa em coma, se ela está com seu psiquismo quase abolido? Como assim?". Funciona diminuindo os sinais de ansiedade objetivas, corporais, como taquicardia e frequência respiratória. E mais: os médicos pós-modernos estão aprendendo a usar o efeito placebo a seu favor em vez de tomá-lo meramente como um truque. Ou seja, se a pílula vier com palavras bem colocadas, a chance de funcionar é muito maior. Pílulas e palavras.

Diogo: Você fala desse paciente contemporâneo, que ainda não tem um nome próprio, como alguém movido pela cultura da felicidade. Mas a partir do momento que ele toma um remédio para se potencializar, para "turbinar" suas capacidades, ele não estaria mais na cultura da competição do que na cultura da felicidade?

Alfredo: Você está trazendo para nossa conversa uma palavra nova, a competitividade. Percebo agora que na descrição que fiz do nosso mundo pós-moderno deixei de enfatizar o aspecto competitivo. Ele está embutido no narcisismo da cultura do espetáculo e na da felicidade à medida que, para ser feliz, é preciso ser melhor que o outro (real ou imaginário), com quem disputo colocações profissionais, prestígio social ou parceiros amorosos. Quanto aos remédios usados para se potencializar, imagino que você esteja referindo-se aos remédios pró-cognitivos que aumentam a atenção, o raciocínio, a memória e a capacidade de aprendizagem, coisas que os antidepressivos não fazem. Eles aumentam a resiliência à angústia, mas não deixam as pessoas mais inteligentes. Já os remédios que você mencionou, chamados de psicoestimulantes, sendo o mais conhecido deles a Ritalina, podem mesmo potencializar as capacidades cognitivas das pessoas. Na psiquiatria eles são usados para tratar crianças e adultos com o transtorno do déficit de atenção e hiperatividade (TDAH), mas seu uso para problemas não médicos tem sido cada vez maior. Estou me referindo aos estudantes universitários que se valem deles nas vésperas de provas e aos muitos que fazem concursos públicos. Na maioria dos casos, esses remédios são conseguidos com traficantes de drogas, mas algumas pessoas tentam consegui-los com os médicos, simulando problemas como o TDAH ou até mesmo sendo sinceros. Certa vez um homem marcou uma consulta e me disse logo de cara:

— Eu não tenho nenhuma doença; estou aqui porque vivo estudando para concurso e preciso de alguma coisa que ajude a aumentar meu rendimento.

Eu achei que não era o caso de medicá-lo. Ele não gostou da minha decisão e reclamou:

— Você não está sendo justo, meus concorrentes compram esses comprimidos lá na boca de fumo e tomam, e eu, que vim aqui, de forma sincera, porque quero conseguir o remédio sem participar do submundo das drogas, vou sair sem uma receita, não é justo.

Marta: Você disse que o remédio não ensina nada e que a psicoterapia sim pode trazer algum ensinamento. Não seria o momento da psiquiatria e da psicanálise se aproximarem para dar um tratamento integrado? Porque eu acredito que a eficácia seja muito maior. Eu gostaria de que você falasse um pouco mais dessa integração dessas áreas tão importantes e que tratam o mesmo tema.

Alfredo: Vou fazer um comentário sobre essa integração. A relação da psiquiatria com a psicanálise é muito delicada, passou por várias etapas, como qualquer casamento. Quando a psicanálise apareceu no início do século XX, a psiquiatria era absolutamente carente de recursos terapêuticos, era clinicamente ineficaz, não conseguia fazer quase nada, não tinha remédios efetivos, não resolvia nada. Era o tempo da psiquiatria manicomial que isolava o paciente, guardando-o lá no manicômio para ele não fazer mal para si ou para os outros, e só isso. Então veio a psicanálise e deu para a psiquiatra uma coisa muito importante, uma maneira de explicar como era o psiquismo humano e por que a pessoa estava doente, o tal "Freud explica", e se não conseguia curar pelo menos conseguia explicar, dar um sentido para tanto sofrimento, foi um ganho. Então foi um casamento muito bom e a maioria dos psiquiatras, se não era psicanalista, pelo menos tinha na psicanálise um respeitável instrumento de trabalho. Mas era uma relação em que a psiquiatria era a parte mais sufocada e a psicanálise ficou importante demais. Na década de 1960 fizeram uma pesquisa com todos os chefes de departamento de psiquiatria das universidades americanas perguntando "Qual a sua orientação teórica?". Noventa e três por cento respondia algo do tipo: "eu sou isso e aquilo, mas a minha base é a psicanálise"; "o meu chão é a psicanálise". Repito: mais de 90% dos chefes de departamento de psiquiatria das universidades americanas se declaravam de base analítica. Ou seja, tratava-se de um casamento à moda antiga, com o marido (no caso, a psicanálise), muito mais dominante que a esposa (a psiquiatria). A mulher não tinha autonomia e dependia quase inteiramente do dinheiro e dos recursos do marido. A psicanálise engolia a psiquiatria, que aceitava a situação porque nada podia fazer, até que surgiram os primeiros remédios psiquiátricos efetivos em 1950. Foi uma verdadeira revolução. A partir daí a psiquiatria tinha algo a fazer além de psicanalisar; foi uma libertação comparável a das esposas que, passando a trabalhar, a ganhar seu sustento, ganharam também autorrespeito e voz ativa no casamento. O que aconteceu nos anos seguintes foi que a esposa antes sufocada agora libertou-se, separou-se do marido dominador, e deixou sair o ressentimento de tantos anos de submissão. E hoje a psiquiatria trata a psicanálise como uma esposa separada trata o ex, com ressentimento (quando não com ódio mesmo). Os psiquiatras passaram a considerar a psicanálise a princípio desnecessária, costumavam dizer que "mal não faz", e atualmente muitos psiquiatras acusam a psicanálise de fazer mal, de atrapalhar a recuperação dos pacientes com tantas explicações subjetivas. Quando aquela pesquisa com os professores titulares de psiquiatria das universidades americanas foi repetida em 2000, o resultado foi uma mudança espetacular: apenas 7% deles se declaravam de orientação psicanalítica. Foi ou não foi uma revolução? Resumindo, quando a psiquiatria pôde ter um elemento terapêutico digno, que dignificasse a profissão, que foram os remédios na década de 1960, e mais ainda com os antidepressivos na década de 1990, botou a psicanálise de escanteio. No começo a separação foi amistosa. "vamos separar"; "ok"; "quando você quiser poder ver os filhos juntos"; "pode ter visita". Mas depois foi: "não pode mais não porque você faz mal para as crianças". Separada da psicanálise, a psiquiatria não tardou a casar-se novamente com outro tipo de psicoterapia, e dessa vez o casamento vai muito bem. A corrente psicoterapêutica que casa direitinho com o modelo da psiquiatria é a TCC, a terapia comportamental cognitiva. Eles falam a mesma língua, a da objetividade científica, o objetivo de tirar sintomas, e compartilham o sonho de tratamentos rápidos. A TCC funciona muito bem para alguns casos. Um exemplo é o tratamento para fobia. Para mim, não há nada melhor. Então, respondendo à sua pergunta, a integração entre as pílulas e as palavras vai muito bem com a TCC, porém vai mal com a psicanálise. Penso que não precisa continuar assim, acredito que psicanalistas e psiquiatras possam sim trabalhar juntos, mas vão precisar escapar dos radicalismos. E tem outra coisa, a integração depende do momento do tratamento, não é toda hora que essa junção funciona. No começo do tratamento ela pode não ser boa porque se a pessoa está muito angustiada, toma um remédio e alivia essa angústia. Isso diminui a pressão para ela ir para a análise. Quando que ela é boa? Quando depois de um tempo tomando remédio ainda persiste um resto sintomático. Essa é a hora da identificação ao sintoma, como propõe a psicanálise; de assumir que não tem jeito, que a pessoa é assim mesmo e vai ter que pagar o preço da sua singularidade. Então alguém tímido que tomou o remédio psiquiátrico para timidez melhorou, mas não melhorou 100%. Tem ainda lá uma timidez. E aí muda de remédio, tenta, tenta. E continua tímido, então chega uma hora que ele fala assim: "esse sou eu". Mas como se assume isso num mundo que valoriza tanto a espontaneidade? Para aprender a ser eu mesmo, a assumir e sustentar meus desejos e defeitos não há nada melhor do que a psicanálise, nenhum remédio ajuda nada nesse sentido. Quando eu tenho que me sustentar na vida do meu jeito, especialmente quando o meu jeito não é o jeito valorizado, nada é melhor que a psicanálise. Então essa combinação que você está propondo, primeiro que ela é difícil por causa desse divórcio; quem sabe a gente faça uma guarda compartilhada, mas precisamos de muita conversa atualmente. E ainda tem uma personagem nessa relação: as neurociências, o novo caso amoroso da psiquiatria, mas aí já é outra questão.

Marisa: Eu morei um ano no Xingu, acabei de voltar de lá, e estou aqui ouvindo você falar desse mundo pós-moderno, urbano, e tecnológico como se ele fosse tudo o que existe, e não é. Acho que esse discurso sobre a pós-modernidade é extremamente elitista, esquece que existe vida para além ou aquém das cidades inundadas de tecnologia, e não estou me referindo apenas a comunidades indígenas, gostaria de lembrar também enormes contingentes de pessoas de classes sociais menos favorecidas e fico pensando como eles estão vivendo esse mundo da pós-modernidade. Será que essa gente tem os mesmos problemas, as mesmas ansiedades que você está falando? A comunidade, a classe, o ambiente onde vivem, independentemente de objetos, também pode causar isso? De que forma? Qual a sua opinião sobre isso?

Alfredo: Sim, o discurso sobre a pós-modernidade é bem elitista; na verdade a coisa é bem pior que isso, pois a própria pós-modernidade é elitista, é um estágio da evolução cultural da humanidade que deixa de fora uma boa parte dessa humanidade. Seguramente, milhões de pessoas estão não apenas abaixo da linha da pobreza, mas também abaixo da linha da pós-modernidade. Não é o mundo todo que é pós-moderno, apenas uma pequena parte dele. Se tem uma coisa que não mudou é a desigualdade social, até piorou num certo sentido. Se no mundo industrial os pobres eram explorados como mão de obra barata, na nossa pós-modernidade tecnológica os pobres estão deixando de ser explorados para se tornarem desnecessários. O mundo pós-industrial não precisa deles nem como mão de obra nem como mercado a ser explorado. Eles passaram ser um incômodo social a ser resolvido. Um anúncio do que está por vir nesse campo é atual crise migratória que atinge a Europa e certamente não tardará a assolar as Américas. Uma legião de miseráveis amontoa-se nas fronteiras do mundo pós-moderno querendo entrar. Você também pergunta sobre a ansiedade em comunidades fora da pós-modernidade. Uma época eu estava pesquisando sobre timidez patológica, que na psiquiatria chamamos de fobia social, e uma das minhas questões era saber se essa condição era um fruto de uma sociedade narcisista como a nossa ou se ela existiria em outras mais conservadoras. O tímido é alguém muito narcisista e preocupado com sua imagem, com o que os outros estão pensando sobre ele. Existe o vaidoso exibido e o vaidoso preocupado, e o tímido é desse segundo tipo. Então me ocorreu pesquisar se existia timidez entre os índios entre eles mesmos e não em relação ao homem branco que chega de fora. Fiquei muito surpreso quando encontrei um artigo científico descrevendo um caso de fobia social em uma aldeia indígena do Brasil central. O artigo relatava a história de duas índias, irmãs, que não conseguiam se relacionar com os membros de sua própria tribo, preferiam ficar isoladas, não conseguiam olhar as outras pessoas nos olhos, não conseguiam comer em grupo, tremiam na presença de outras índias da mesma idade. Índia com fobia social, com os mesmos sintomas que fóbicos sociais residentes na Avenida Paulista, isso me surpreendeu. A timidez parece ser uma daquelas muitas vivências humanas básicas, existiam nas eras agrícolas, moderna, e continua presente na pós-moderna. O que varia é o impacto e o sofrimento que elas causam. A timidez já foi valorizada como sinal de educação e retidão moral, especialmente para mulheres em culturas e tempos mais conservadores, e hoje virou defeito a ser corrigido em nosso mundo hiperssocial, no qual habilidades sociais chegam a ser mais importantes do que competências técnicas na vida profissional.

Flavia: A minha pergunta é sobre a pós-modernidade. Dizem com frequência que o mundo pós-moderno é despadronizado, que houve uma queda das grandes figuras de autoridade, que não vivemos mais sobre o domínio do nome do pai, então, se vivemos num mundo sem recalque, por que então não somos felizes?

Alfredo: De fato existe uma corrente da psicanálise que acha que não vivemos mais sob o domínio do complexo de Édipo, que a autoridade paterna como modelo identificatório e regulatório está perdendo sua força, e que as neuroses não se originariam mais do recalque dos conteúdos psíquicos mas sim da angústia da escolha diante de tanta liberdade. Embora eu concorde que vivemos tempos de angústia da escolha não acho que o problema do recalque foi resolvido, o que não temos mais é o recalque do impulso sexual, mas continuamos com o da agressividade; liberamos o Eros, mas mantemos sob pressão o Thanatos. No campo do amor e do sexo, quase tudo pode, o recalque foi levantado sobre isso. Ninguém precisa mais viver a partir da repressão do ato sexual, mas tem outros campos que continuam reprimidos. Veja bem, a nossa sociedade continua reprimindo muito a raiva, o ódio. Nossa sociedade continua reprimindo muito, por exemplo, o incesto, a pedofilia, a crueldade. Nós lidamos muito mal com essa faceta do ser humano. Para Freud nós temos uma pulsão de vida e uma de morte, e o que está liberado no nosso mundo é a de vida, já a de morte continua sobre marcação cerrada, até porque é realmente muito complicado liberá-la devido a sua altíssima potência destrutiva. Então eu estou dizendo isso para argumentar que nem tudo em nosso mundo pós-moderno pode. Tem coisa que ainda não pode. Ser crítico, raivoso, odiar alguém, não pode. A mensagem toda que você recebe é: "seja amoroso". Fica faltando dizer o que a fazemos com o nosso lado não amoroso, fingimos que ele não existe? Recalcamos? Há uma certa infelicidade que todos nós sentimos por vivermos em uma civilização. É que para desfrutarmos das vantagens da sociedade tais como a cooperação, a justiça, a segurança temos que reprimir uma parte de nossos instintos prazerosos, egoístas, raivosos e isto causa frustração e infelicidade.

Catarina: O mal-estar contemporâneo é um sofrimento psicanalítico ou um sofrimento psiquiátrico?

Alfredo: Não é o sofrimento que é psicanalítico ou psiquiátrico. Sofrimento é sofrimento, mas o tratamento é que pode ser psiquiátrico ou psicanalítico ou os dois: pílulas ou palavras. Tínhamos a noção de que se o sofrimento fosse muito intenso, se o quadro fosse muito grave então teríamos que medicar em vez de tratar com psicoterapia, mas o que percebemos, após décadas de uso do remédio psiquiátrico, é que quando um paciente medicado não melhora com remédios ele é enviado de volta à psicoterapia. A situação se inverteu e os quadros muito graves que não respondem ao remédio são agora tratados psicanaliticamente. Nesse sentido, o caso mais ilustrativo é o do transtorno de personalidade borderline. Os remédios não costumam ajudar muito, então o tratamento com melhores resultados tem sido uma psicoterapia, de qualquer linha, baseada numa relação terapeuta-paciente forte e duradoura.

Diogo: Eu tenho duas questões. Qual a diferença entre o neurótico e o psicótico? E a outra é a seguinte: você se considera um louco ou uma pessoa normal?

Alfredo: De novo estamos no campo das palavras que deixaram de ser um termo técnico e passaram a ser um termo cotidiano. O sucesso do termo neurose, inicialmente um diagnóstico psiquiátrico, foi tão grande, penetrou tão profundamente no cotidiano que atualmente neurótico é quase sinônimo da angústia existencial, que todo mundo tem. Quando esse termo começou a ser usado era utilizado para designar pessoas com angústias e ansiedades muito fortes, mas que não eram psicóticas. Qual a diferença do psicótico para o neurótico? De modo geral, poderíamos dizer que o neurótico lida mal com a realidade e o psicótico rompe com ela. Mas, sendo mais objetivo, a diferença é que o psicótico delira e alucina, e o neurótico não. Alucinação é quando a pessoa vê ou ouve coisas que não existem, é uma percepção sem objeto. Já o delírio é uma alteração do pensamento, quando a pessoa acredita de forma total e inquestionável em alguma coisa que não é exatamente a verdade, como achar que está sendo perseguido quando não está, acreditar que é Jesus Cristo ou Napoleão Bonaparte em pleno 2018. Optei por responder a essa questão como psiquiatra porque do ponto de vista da psicanálise a diferença entre neurose e psicose é bem mais complexa, difícil de explicar e não é consensual nem mesmo entre nós psicanalistas. E diferentemente do que muita gente pensa não dá para falar dos dois jeitos ao mesmo tempo, como psiquiatra e como psicanalista. Fazer isso simultaneamente é uma impossibilidade. Tem que ser separado. Não dá para falar francês e inglês ao mesmo tempo, isso se chama conversa de doido. E a linguagem universal do esperanto, que nós brasileiros tentamos tanto, não deu certo. Quanto à outra pergunta, se eu me sinto louco ou normal. Bem, pode ser que eu seja, ou que alguém me ache, uma pessoa diferente, não convencional, esquisita, com certos interesses ou ideias inusitadas, mas chamar isso de loucura é glamourizar a loucura. Eu vejo o quanto os loucos sofrem com suas esquisitices, seus delírios e suas alucinações, enquanto eu e muitas outras pessoas conseguem desfrutar de suas idiossincrasias.

O meu lado louco leva a curtir a vida intensamente, não é assim? Já lado louco dos psicóticos os esconde da vida. É outra coisa. Então, por respeito ao sofrimento deles, não dá para dizer que eu sou louco.

O perverso é o inverso do neurótico: enquanto um sofre demais por culpas imaginárias, o outro não se deixa tocar por culpas reais.

Pergunta: A respeito do artista Arthur Bispo do Rosário, em que caso ele se enquadraria, com toda aquela criatividade maravilhosa? Conheci sua obra recentemente, e gostaria de entender.

Alfredo: Como podemos apresentar o Bispo do Rosário para os que não o conhecem? Como um artista plástico brasileiro que teve sérios problemas psiquiátricos, ou como um paciente psiquiátrico que ficou muito conhecido por suas obras de artes plásticas bem criativas e inusitadas? Ele é uma figura frequentemente citada para estabelecer uma suposta relação entre arte e loucura, só que os estudos de antropologia e psiquiatria investigando essa questão apontam na direção contrária: não há uma ligação intrínseca entre e loucura e a arte. Existem loucos criativos e loucos não criativos, bem como existem artistas que sofrem de doença mental e artistas saudáveis. A relação entre arte e loucura parece ser circunstancial, e não causal ou intrínseca. Do ponto de vista psiquiátrico, Bispo do Rosário foi um psicótico que sofreu muito: boa parte de sua vida passou dentro do manicômio. Quando ele saía, quando tinha alta, logo apresentava novo surto e voltava a ser internado. Será que a criatividade que o fez produzir aquelas obras tão interessantes tinha a ver com sua loucura? Então, se ele não fosse louco não seria artista? Será que fazer aquelas pinturas e esculturas o aliviava de alguma forma da sua loucura? Se quisermos responder honestamente a essas perguntas teríamos que nos debruçar sobre a sua biografia, pois essas perguntas só podem ser respondidas caso a caso. Não há, insisto, uma relação intrínseca entre arte e loucura.

Joana: Eu queria falar um pouco sobre o estuprador; onde ele se enquadra no seu esquema dos três pacientes psiquiátricos?

Alfredo: Acho que não se enquadra, não é razoável associar o estuprador a nenhum dos tipos clínicos que mencionei. Ele não delira nem alucina, não está profundamente deprimido ou ansioso e nem é alguém em busca de alívio para angústias existenciais. Se tivermos que relacioná-lo com algum quadro psicopatológico seria com o perverso, na linguagem psicanalítica, e com o psicopata, na linguagem psiquiátrica. O estuprador é alguém que cede ao seu desejo sem levar em conta a vontade do outro, as regras sociais e a moralidade da sociedade em que vive. Em uma simplificação didática, poderíamos dizer que o superego dele é fraco e seu id predomina, levando-o a fazer qualquer coisa para se satisfazer sem sentir culpa. Então se ele deseja uma mulher vai fazer qualquer coisa para possuí-la, inclusive usar de violência. É alguém cujo desejo vem em primeiro lugar, e ele não tem culpa. Por que eu falei que não é adequado relacionar o estuprador com o neurótico? Porque uma de suas características é exatamente a culpa, e, segundo Freud, o perverso é o inverso do neurótico: enquanto um sofre demais por culpas imaginárias, o outro não se deixa tocar por culpas reais. Tem uma frase de um livro sobre psicopatas ou perversos, termos que são sinônimos, que diz assim: "o perverso faz o que o homem normal sonha". É delicado o que eu vou falar, mas o estuprador faz o que muitos homens normais desejam em suas fantasias, mas se controlam. Então o que é patológico no estuprador não é o desejo, mas a falta de controle. Fantasia é fantasia, não faz de ninguém um psicopata, perversão é passagem ao ato.

Nissargan: Se Freud estivesse vivo, ele seria a favor dos remédios?

Alfredo: Sua pergunta é muito provocativa para uma pessoa como eu, que trabalha tanto com a psicanálise quanto com os remédios. Freud sabia que é possível influir no psiquismo por meio das drogas. Ele escreveu sobre isso, então muito provavelmente iria estudar e se interessar pela psicofarmacologia. Mas acho que Freud não se tornaria um psiquiatra, porque ele inventou um sistema para influenciar o psiquismo por meio das palavras e que é muito potente: a psicanálise. Entre a pílula e a palavra, a minha fantasia é que ele continuaria com a palavra, sua paixão por elas era incurável, mas talvez fosse simpático ao uso das pílulas. Tudo isso, no entanto, é pura especulação. Eu disse que sua pergunta era provocativa, mas penso que ela é também ultrapassada. E daí se Freud fosse contrário, ou a favor? Ele não está na nossa época. Nós somos os novos freudianos;

nós temos que nos responsabilizar por uma escolha atual de uma psicanálise que convive com remédio. Mesmo que alguém dissesse que Freud seria contra mim, diria: tá bom, mas Freud está lá, e eu aqui. Eu tenho que atender um paciente que ele não tinha. Eu atendo adolescentes, tão ligados na tecnologia, que Freud não tinha. Nós não podemos mais nos valer ou nos esconder na autoridade freudiana. Nós, psicanalistas, temos que assumir uma responsabilidade, isto é, a nova psicanálise que responda ao hoje. Antes a pessoa ia ao analista e depois de muitas sessões ele dizia de forma compenetrada e cuidadosa que o problema era o Édipo. Hoje o paciente chega dizendo ao analista que quer "trabalhar" esse complexo. Na pós-modernidade, Édipo virou queixa e deixou de ser diagnóstico. Quase não importa mais o que o Freud achava, apenas historicamente. Eu sou e (continuo sendo) um freudiano que o lê desde os 14 anos, continuo lendo, por gosto, mas acho que a gente não pode escapar de um debate do qual ele não pode participar.

Claudio: Quando você começou a falar sobre remédios para pessoas sem doenças, remédios para a felicidade, eu pensei "já vi essa história em algum lugar", e me lembrei do livro *Admirável mundo novo*, do Aldous Huxley. Olha que interessante, em alguns idiomas ele foi traduzido com o título de *Mundo feliz*. Quem leu vai se lembrar do *soma*: todo mundo no tal admirável mundo novo tinha direito a uma dose diária de uma substância química chamada *soma*, que deixava todo mundo calmo. Qual a diferença entre isso e os remédios psiquiátricos de hoje?

Alfredo: Tem uma grande diferença, a existência. Hoje a *soma* existe, você pode ir à farmácia e sair de lá com um comprimido que antes era ficção, que existia apenas na imaginação de um grande escritor e de seus leitores.

Francisco: E o individualismo? Será que não é exatamente o individualismo do mundo capitalista que provoca tantas doenças mentais?

Alfredo: Sem dúvidas a pós-modernidade, com sua sociedade do espetáculo, valorizando a imagem e o sucesso individual, cria uma autoexigência irrealista e neurótica para a maioria de nós. Mas a ideia de que uma sociedade mais individualista e mais industrial, mais concentrada em grandes cidades provoca mais psicose e deixa as pessoas mais loucas não se sustenta. Vou dar uma informação que é contrária a essa ideia. A esquizofrenia atinge cerca de 1% da população, aqui em São Paulo, lá no inferior do Nordeste, em Manhattan, na China, no interior do Ceará, em Nova York ou na Bolívia. Como é que sociedades tão distintas como essas, com níveis culturais e econômicos absolutamente díspares, produzem uma taxa tão constante de uma patologia tão importante? Essa prevalência tão constante da esquizofrenia torna difícil defender a noção de que a causa da esquizofrenia seja uma patologia sociocultural. A sociedade não causa a esquizofrenia, mas isso não quer dizer que ela nada tenha a ver com isso. Se o individualismo ou as condições socioculturais não podem ser responsabilizadas pela esquizofrenia, isso faz toda a diferença no tratamento a na vida dos esquizofrênicos. A evolução desses pacientes nas sociedades menos industrializadas é melhor.

Nessas comunidades os sintomas diminuem mais rapidamente e os pacientes conseguem participar mais da vida social. É interessante mencionar que a mesma coisa pode ser dita sobre as famílias. Não existem evidências confiáveis que as famílias sejam a causa da esquizofrenia, mas já está fartamente documentado que nas mais estruturadas e mais amorosas o tratamento alcança maior sucesso. E tem mais: as terapias individuais focadas nos supostos conflitos intrapsíquicos causadores da esquizofrenia, como a psicanálise, com sua teoria do retorno do forcluído como gênese da esquizofrenia, se mostram muito menos favoráveis à recuperação dos esquizofrênicos dos que aquelas baseadas no tratamento em grupo e focadas na ressocialização mesmo quando os delírios e alucinações não estão zerados, o que aliás, diga-se de passagem, os remédios psiquiátricos não conseguem fazer. Os antipsicóticos não curam a esquizofrenia, apenas a controlam.

Referências

Anais do II Congresso Brasileiro de Psiquiatria realizado em Belo Horizonte em 1972.

Bauman, Zygmunt. *Modernidade líquida*. Rio de Janeiro: Zahar, 1999.

Caruso, Igor. *A separação dos amantes* – uma fenomenologia da morte. São Paulo: Cortez, 1981.

Debord, Guy. *A sociedade do espetáculo*. Rio de Janeiro: Contraponto, 2017.

Dejours, Christophe. *A loucura do trabalho*. São Paulo: Cortez, 1999.

Forbes, Jorge. *Inconsciente e responsabilidade* – psicanálise do século XXI. São Paulo: Manole, 2012.

Foucault, Michel. *História da loucura*. São Paulo: Perspectiva, 2005.

_____. *Microfísica do poder*. São Paulo: Paz e Terra, 2018.

Freud, Sigmund. "Inibição, sintoma e angústia". *Obras completas V*. XVII. Rio de Janeiro: Imago.

Harari, Yuval Noah. *Sapiens* – uma breve história da humanidade. Porto Alegre: L&PM, 2015.

Kramer, Peter. *Ouvindo o Prozac*. São Paulo: Círculo do Livro, 1993.

Lacan, Jacques. "Função e campo da fala e da linguagem". In: *Escritos*. Rio de Janeiro: Zahar, 1998.

Lipovetsky, Gilles. *Os tempos hipermodernos*. São Paulo: Barcarolla, 2007.

Marinoff, Lou. *Mais Platão, menos Prozac*. São Paulo: Record, 2006

Morris, David. *Doença e cultura na era pós-moderna*. Lisboa, Piaget, 1998.

Organização Mundial da Saúde. *Classificação de transtornos mentais e de comportamento da CID-10*. Porto Alegre: Artmed, 2017.

Oxford English Dictionary

Pinel, Philippe. *Tratado médico-filosófico sobre a alienação mental e a mania*. Porto Alegre: Editora da UFRGS, 2007.

Quinet, Antonio. As 4 +1 condições da analise. Rio de Janeiro. Editora Zahar. 2005

Souza, Jessé de. *A tolice da inteligência brasileira*. São Paulo: Leya, 2017.

Stossel, Scott. *Meus tempos de ansiedade*. São Paulo: Companhia das Letras, 2014.

Wurtzel, Elizabeth. *Prozac Nation*. Nova York: Riverhead Books, 1995.

Agradecimentos

Aos meus pacientes, aqueles que trocaram tantas palavras comigo nas sessões de análise e nas consultas psiquiátricas, e aqueles que além das palavras aceitaram as pílulas que eu pude lhes recomendar.

A Eli, psicanalista e minha esposa, por nossas longas conversas sobre a psiquiatria e a psicanálise durante nossas caminhadas pelas praças e pela vida.

Ao psicólogo e amigo Claudio Melo Wagner que me convidou para falar no " Café Filosófico" pela primeira vez.

A equipe de produção do programa "Café Filosófico" do Instituto Cultural CPFL e da TV Cultura pelo convite para ser curador e palestrante da série "Pílulas e Palavras", que por fim gerou este livro.

A Luciana Boucault e ao psicólogo Gustavo Camps Pimenta, que gentilmente se dispuseram a ler o manuscrito deste livro e fizeram, de forma sincera e cuidadosa, seus comentários e sugestões.

grupo novo século

Compartilhando propósitos e conectando pessoas
Visite nosso site e fique por dentro dos nossos lançamentos:
www.novoseculo.com.br

<ns

- facebook/novoseculoeditora
- @novoseculoeditora
- @NovoSeculo
- novo século editora

gruponovoseculo.com.br

Fonte: Merriweather